D. C. ODESZA

help me to shine

FAKE DATING ROMANCE

BAND 5

MIX
Papier | Fördert gute Waldnutzung
FSC® C014496

Erstauflage 2017 erschienen unter
dem Titel „Wir für zwei Nächte“ Band 5 Spin-off von D.C. Odesza

D.C. Odesza, Birkenallee 24, 36037 Fulda, odesza.info@gmail.com

Umschlaggestaltung © My Bookcovers
Lektorat – KRC Lektorat
Korrektorat – Sybille Weingrill
Buchsatz – Mo Kast
Druck und Bindung – GGP Media GmbH, Pößneck
Printed in Germany

Über die Autorin

D.C. ODESZA ist das Pseudonym einer jungen, deutschen SPIEGEL- und BILD-Bestseller-Autorin. Ihre Geschichten zeichnen sich durch tiefe Gefühle, sinnliche Momente, tiefbewegenden Handlungen und einem Hauch an Spannung, Thriller-Elementen und Dunkelheit aus.

Folge mir auf Instagram
Finde mich auf TikTok
www.dcodesza.com

Hinweis

In meinen Romanen werde ich, bis auf wenige Passagen, auf Verhütungsmittel verzichten – was jedoch nicht heißen soll, dass sie im realen Leben nicht wichtig sind! Nur leider kommt es häufiger als gedacht vor, dass Leser einen fiktiven Roman mit der Realität verwechseln.

Vorwort

Meine lieben Leserinnen und Leser,

in dieser Reihe geht es um Lawrence Chevaliers Geschichte. Zwar gibt es ein paar Szenen, die triggern könnten, dennoch ist es keine Dark-Romance, sondern eine sehr spicy, fesselnde Fake Romance.

Die Reihe kann ohne Vorkenntnisse gelesen werden.

Falls du dennoch vorhast, die anderen Chevalier-Brüder kennenzulernen, und dich nicht spoilern lassen möchtest, kommt hier meine Empfehlung, wie du die Reihen am besten lesen solltest.

1. **»Berührt, bis du mich liebst«** (Dorians Geschichte)
2. **»Sehnsüchtig«** (Gideons Geschichte)
3. **»Help me to fly«** (Lawrence Geschichte)

Mit Lawrence' Reihe hat die Geschichte der Chevalierbrüder ein Ende.

An dieser Stelle wünsche ich euch prickelnde und aufregende Lesemomente mit meiner frechen Jade, Raymond und den Chevalierbrüdern.

Eure D.C. Odesza

Trigger WARNUNG

Entführung, Drogenmissbrauch, Bondage und SM-Spiele, sexuelle Handlungen und Dienstleistungen, Dominanz und Unterwerfung, Missbrauch, sexuelle Belästigung, Alkoholmissbrauch, Gewalt, Erniedrigung

Für diejenigen, die springen.
Für diejenigen, die fliegen.
Für diejenigen, die alles wagen.
& Für diejenigen, die an Wunder glauben.

KAPITEL 1
Jade

Wild und hemmungslos verschmelzen unsere Zungen miteinander. Law treibt mich rückwärts in das Schlafzimmer. Mit einer Hand hält er meine Hüfte, mit der anderen wirft er die Tür hinter sich lässig ins Schloss.

»Endlich gehörst du ganz mir, mein Flöckchen. Nichts gegen meine lästigen Brüder, aber sie müssen nicht dabei sein, wenn wir das Bett einweihen«, raunt er vor meinen Lippen mit diesem verwegenen Funkeln in seinen stahlgrauen Augen.

»Aber hören dürfen sie uns?«

»Dich, ja.« Er lacht, umfasst besitzergreifend meine Pobacken und hebt mich mit einem Satz an sich hoch. »Und ich versichere dir, sie werden dich bis zum Pool hören.«

»Miami ist wirklich schön«, lenke ich ihn von seinem Vorhaben ab und lasse den Blick durch unser Zimmer schweifen. Es ist ein Traum.

»Du bist schön. Scheiß auf Miami«, kontert er, bevor sich sein Blick in meine Augen gräbt und er den Kuss fortsetzen will. Ich liebe seine Komplimente, mit denen er, seit wir verheiratet sind, nicht geizt. Und hallo, wir sind jetzt etwas über acht Monate verheiratet. Verrückt. Und das, obwohl ich erst vierundzwanzig Jahre alt bin und in diesem Semester meine Abschlussarbeit schreibe.

»Du bist verboten«, antworte ich keuchend und erwidere den stürmischen Kuss, klammere mich an seinen breiten Schultern fest und schlinge die Fußgelenke eng um seine Hüfte.

»Und du willst jetzt wissen, wie verboten?«, hakt er nach, trägt mich durch das hell möblierte und in warmen Sommertönen gestrichene riesige Schlafzimmer direkt auf den Balkon. »O nein. Dreh um!«, antworte ich, stemme mich von ihm ab, als ich bemerke, was er vorhat. Sex auf dem Balkon muss ich nach dem langen Flug nicht haben. Wobei der Flug nicht so lang war und Law schon im Jet über mich hergefallen ist.

»Vergiss es, Flöckchen. Hier ist niemand. Und mir gefällt die Vorstellung, dass wir gesehen werden.«

»Aha, aber gerade wolltest du von deinen Brüdern …«

Sofort legt er seinen Zeigefinger auf meine Lippen, um mich zum Schweigen zu bringen. »Denk nicht über alles nach, was ich gesagt habe. Du dürftest mich kennen.« Schnell schiebe ich seinen Finger von mir und hebe die rechte Braue in die Stirn.

»Viel zu gut. Das ist es ja.« Ich lache, drehe den Kopf über die Schulter und sehe auf dem großzügigen Balkon unter dem Sonnensegel ein rundes helles Strandbett. Also entweder wusste er, dass sich das Bett hier befindet, oder es ist reiner Zufall.

»Du siehst in dem hellen Kleid zum Anbeißen aus, meine Gemahlin«, muss er mich wieder ärgern, sodass ich meine Fingernägel in seine Schultern bohre.

»Hör auf, mich so zu nennen, ich hasse es, wenn du das sagst.«

Er grinst schief. »Weil ich dich damit so richtig fuchsig mache. Gefällt mir.« Im nächsten Moment hat er die wenigen Schritte zum Strandbett überwunden und legt mich darauf sanft ab. Während sich seine Lippen auf meinem Hals verlieren, öffnet er den Reißverschluss des Kleides. Er ist wahnsinnig geschickt darin, dass ich schneller nackt vor ihm liege, bevor ich auch nur einen Hemdknopf von ihm öffnen konnte.

Aber ich halte mich ran, öffne die obersten drei Knöpfe seines strahlend weißen Hemdes, das er an den Ärmeln hochgerollt hat, und will einmal schneller sein als er. Aber Fehlanzeige.

»Du lernst es nie.« Er lacht mich aus.

»Ich genieße eben, was du machst, und kann mich nicht auf beides konzentrieren.«

»Richtig, das lernen wir noch«, flüstert er in mein Ohr, leckt meinen Hals entlang und hinterlässt einen Knutschfleck. Ehe ich dreimal blinzeln kann, schiebt er das Kleid von meinem Körper, gefolgt von dem geöffneten Bikinioberteil und dem Slip. Als er zwischen meinen Beinen kniet, schaut er mir mit diesem triumphierenden Grinsen entgegen.

»Beginnen wir doch heute mit der Lektion.«

»Wie witzig«, antworte ich, hebe meinen rechten Fuß und will ihn an der Schulter zurückdrängen. Ein leises Knurren verlässt seine Lippen.

»Du provozierst es geradezu, dass ich …« Noch bevor er weitersprechen kann, erhebe ich mich und ziehe ihn am Kragen zu mir. Ich liebe seine Präsenz, seinen starken Körper auf mir. Und ich liebe es, dass dieser Mann mich liebt. Genauso sehr wie ich ihn liebe.

Eifrig knöpfe ich die lästigen Hemdknöpfe auf, ziehe ihm den Stoff über die Schulter, um seine nackte Haut mit den Fingern zu spüren. Er hingegen massiert meine Brüste, greift stürmisch in mein Haar und würde sofort, ohne sich komplett auszuziehen, loslegen.

»Warte … du bist zu schnell …«, keuche ich vor seinen Lippen.

»Du bist zu langsam, Jade«, raunt er in mein Haar. Seine Bartstoppeln reiben über meine Schläfe, als ich den Gürtel von ihm öffne.

»Okay, Stellungswechsel.«

»Vergiss es«, murrt er. »Geht das wieder los?«

»Geht was los? Wie soll ich deine Hose ausziehen, wenn du auf mir liegst und mich …«

»Du hast einen gewaltigen Denkfehler. Wer sagt, dass du meine Hose ausziehen musst? Es reicht, wenn du meinen Schwanz herausholst«, amüsiert er sich über mich. Gespielt wütend funkele ich mit den Augen.

»Du Spinner!«, meckere ich, aber öffne weiterhin seine Hose. Ich kann bereits jetzt seine Geilheit spüren, seine harte Erektion und will es. Ganz egal, ob wir von Maron, Gideon, Dorian oder Jane erwischt werden. Außerdem ist es praktisch unmöglich, meinen Gott zu bremsen, wenn er so richtig in Fahrt kommt.

Gierig küsse ich seinen Hals, ziehe die Anzughose und die Shorts herunter, um meine Beine um seine Hüfte zu verschränken. Ich will ihn einfach nur in mir spüren. Ganz egal, auf welchem Erdteil oder Kontinent wir uns befinden.

»Gar nicht mal schlecht, du hast aufgeholt, mein kleines Flöckchen«, freut er sich, als sein großer Phallus nur noch wenige Zentimeter von meiner feuchten Pussy getrennt ist.

»Fick mich, Law«, sage ich, löse den Haargummi aus seinem Haar und suche seinen Blick. Dieser Aufforderung konnte er bisher kein einziges Mal widerstehen. Er liebt es abgöttisch, wenn ich ihn anbettele, mich vögeln zu dürfen.

Kurz blinzelt er, bis ein hungriges Grinsen seine Gesichtszüge aufhellt und er sich mit seinen muskulösen Armen über mir erhebt. »Ich habe dich nicht verstanden. Was hast du gesagt?«

Ist das sein Ernst? Er weiß, dass ich es ungern mehrfach hintereinander sage wie eine billige Pornobitch.

»Vögel mich, Law. Ich will es.«

Über mir verzieht er die Lippen. »Ich glaube, deine Stimme ist noch vom letzten Sex heiser. Sag es lauter.«

»Du bist solch ein Blödmann, weißt du das? Wenn du nicht willst ... okay.« Und ehe ich länger darüber nachdenke, mache ich Anstalten, unter ihm wegzurutschen.

»Wo willst du hin, Engelchen?« An der Schulter bekommt er mich zu fassen. Im nächsten Moment hebt er seine Hüfte ein Stück an, um sie gleich darauf enger an meine zu drücken und seine Schwanzspitze in mich zu schieben. Aber nur ein Stück.

»Sag es noch mal, Jade. Ansonsten wird das hier ziemlich übel für dich enden.«

»O glaub mir, es wird sexlos für dich enden, mein kleiner süßer Hase«, mache ich mich über ihn lustig, streichele über seinen muskulösen Rücken, weiter seine angespannten Arme entlang. Die Sehnen seiner Unterarme treten herrlich hervor, sein offenes sandfarbenes Haar fällt in lockeren Strähnen um sein schön geschnittenes Gesicht.

»Ich kann so verharren, bis du schreist, von mir gefickt zu werden. Schon über Tantrasex nachgedacht?«

Hat er mich das wirklich gefragt?

»Worüber? Sex, wo du dich nicht bewegen musst? Ich glaub, das wäre die reinste Folter für dich, Liebling«, necke ich ihn und knuffe seine Wange. »Ich schreie nicht.«

»Wir werden sehen.« Und gerade als ich glaube, er würde in mich eindringen und es mir hart besorgen, um mich doch zum Schreien zu bringen, erhebt er sich. *Was ist jetzt kaputt?*

»Äh … Willst du, dass ich austrockne?«

Gelassen zieht er seine Hose wieder hoch und verschließt den Gürtel. Ihm dabei zuzusehen, wie er sich mit nacktem Oberkörper vor mir anzieht, und zu wissen, dass er mich gerade abserviert, ist berauschend und zugleich bitter.

»Du trocknest bei dem Anblick nicht so schnell aus, das habe ich alles getestet«, scherzt er und deutet auf seinen Adoniskörper. »Deine Pussy will mich jederzeit, das wissen wir beide.«

Sollte ich nachgeben? Wenn ich rufen würde: »Los, fick mich!«, würden mich die anderen hören. Ich kann das nicht. Und das weiß er.

Daher erhebe ich mich mit einem flauen Gefühl in meiner Magengegend vom Strandbett, greife nach dem Bikinioberteil, dem Slip und dem Kleid, das neben mir auf der Bettkante liegt. Ohne ein Wort zu sagen oder in seine Richtung zu blicken, mache ich es ihm nach und ziehe mich an.

Klasse. Genau so habe ich mir den Start des Miamiurlaubs nicht vorgestellt.

Es ist Anfang Dezember. In Frankreich sind die Bäume bereits kahl, ein eisiger Wind weht durch die Gassen Paris' und der erste Frost hat sich angekündigt. Um der Kälte zu entfliehen, wollten die Chevalierbrüder nach Miami fliegen. Bloß für ein paar gemeinsame Nächte, um sich anschließend wieder in alle Winde zu zerstreuen, bis sie sich Weihnachten wiedersehen.

Ich habe bereits Semesterferien und muss mich auf meine Abschlussarbeit und zwei Prüfungen vorbereiten, bevor die heiße Bewerbungsphase losgeht. So lange wollte ich die Tage eine Auszeit vom ständigen Lernen und den Prüfungsvorbereitungen nehmen. Aber wie es aussieht, hat die Auszeit einen miesen Start.

Als ich angezogen bin, schüttele ich mein Haar durch und gehe langsam auf Law zu. »Bist du böse?«

Mit dem Rücken zu mir gewandt, schnaubt er leise und bindet weiterhin oberkörperfrei sein Haar zusammen.

»Hast du ein schlechtes Gewissen?«, fragt er mit diesem unterschwelligen provokanten Ton. »Musst du nicht haben. Ich bekomme mein Häschen noch zum Schreien, keine Sorge. Du hast keine Lust, also akzeptiere ich das.«

Sicher habe ich Lust! Was ist das für eine gemeine Unterstellung. Hat die Welt gerade angehalten? Zickt er jetzt rum? Er?

Unvermittelt dreht er sich zu mir, greift nach meinem Kinn und beugt sein Gesicht zu meinem herab. »Heute Abend zum Beispiel. Denn glaub mir, ich verliere ungern Wetten mit meinen Brüdern. Gideon wird vermutlich Maron längst am Bett festgekettet haben, Dorian bringt Janes Hintern zum Glühen, während ich nicht mal ein Stöhnen aus deinem hübschen Mund gehört habe.«

Wette? Sie haben darum gewettet, wer zuerst in Miami Sex hat? *Autsch, dass er jetzt dumm dasteht, dürfte sein Ego wirklich massiv angekratzt haben.*

»Okay. Warum sagst du mir das nicht? Glaubst du, wir können sie noch einholen?«

»Du wärst so schnell vögelfertig?« Er lacht und reibt mit dem Daumen über mein Kinn. »Du bist der Knaller. Indirekt haben wir bereits gewonnen. Wir hatten Sex in zehntausend Metern Höhe, schon vergessen?«

»Warum hast du mir nichts zuvor gesagt?«, will ich wissen, lege meine rechte Hand auf seine Brust und sehe aus den Augenwinkeln das Funkeln des Eherings um seinen Hals. Er trägt ihn meistens an einer Kette, was ich ziemlich sexy finde. Daher rutscht meine Hand zu dem warmen Ring, den ich umfasse.

»Weil es geheim bleiben sollte. Wo bliebe sonst der Spaß? Es war eine Wette zwischen uns Brüdern. Da ich keine Geheimnisse vor dir habe, habe ich dir jetzt davon erzählt. Du darfst es gern Maron wissen lassen. Ich kann es kaum erwarten, wenn sie davon erfährt und Gideon zur Schnecke macht«, amüsiert er sich über die Vorstellung.

Trotzdem habe ich jetzt ein mieses Gefühl. Ob alberne Wette oder nicht.

KAPITEL 2
Jade

Okay, ich mache es wieder gut.

Ich will nicht, dass er denkt, ich würde mich mit der Zeit zu einer langweiligen Ehefrau entwickeln, die Sex verweigert und vor ihrem Mann im Bett einschläft. O nein, so bin ich nicht. Und werde ich mit diesem Sexgott an meiner Seite nie werden.

Nachdem ich allein einen Rundgang durch den wunderschönen riesigen Garten gemacht habe, habe ich eine ruhige blühende Oase weiter hinten im Garten entdeckt. Und es gibt sogar einen Pavillon, unter dem ich Kissen und Decken ausgebreitet habe. Direkt daneben habe ich sämtliche Sextoys, die ich für die Reise eingepackt habe, auf einem Hocker nebeneinander sorgfältig ausgebreitet. *Perfekt. Dieser Versuchung wird er niemals widerstehen können. Das ist Laws Sexparadies.*

»Okay … Fehlt etwas?« Es ist bereit kurz nach 23.30 Uhr. Da wir erst gegen 19 Uhr gelandet sind, haben sich die anderen nach dem Abendessen direkt in ihre Zimmer verzogen. Wobei Gideon und Maron irgendein besonderes Lokal aufsuchen wollten. Dorian und Jane haben Dion bei Janes Eltern in Paris gelassen, um die Reise zu zweit zu verbringen und jede Minute vermutlich im Bett oder am Andreaskreuz auszukosten.

Okay, sollen sie. Somit habe ich hier mit Law im Garten meine Ruhe.

In meinem weißen Bikini, da Law weiß an mir liebt, und offenem Haar, das herrlich nach Rose duftet, erhebe ich mich neben den Kissen und Decken und mustere die flackernden Kerzen. Ich habe auf dem Holzgeländer des Pavillons gefühlt hundert Teelichter aufgestellt. So viele, wie die Küche des Hauses hergegeben hat.

Zwar mag Lawrence keinen Kitsch, aber er weiß, wie sehr ich manchmal einen Tick Romantik brauche, um mich wohlzufühlen.

Perfekt vorbereitet positioniere ich mich an einem Holzpfahl des Pavillons und tippe folgende Worte in mein Smartphone:

Es kann losgehen.
Du darfst mich jetzt suchen.
Streng dich an, mein Sexgott.
Kuss, Flocke

Kaum habe ich die Nachricht abgeschickt, schaue ich zwischen den Palmen und Sträuchern zur Villa. Von hier aus kann ich nur minimal das Dach im Dunkeln erkennen und ein Stück des breiten Balkons, auf dem sich das Strandbett befindet.

Etwas nervös bin ich schon. Aber Law liebt diese Spielchen.

Und da er ein Gewinner ist, wird er mich schnell finden und ganz sicher nichts anbrennen lassen. Daher habe ich nur wenig Zeit, um mich mit einer Wasserflasche einzusprühen und mir einen coolen Beachlook zu verpassen. Etwas länger besprühe ich mein Bikinioberteil, damit sich meine Brustwarzen abzeichnen und die Kette, die golden zwischen meinen Brüsten verläuft.

Im Anschluss blinkt eine Nachricht auf meinem Smartphone auf. Mit nassen Fingern greife ich danach und hebe es vom Geländer.

Anstelle einer Nachricht, erhalte ich ein Foto.

Ah! Ich sehe mich darauf aus weiter Entfernung, wie ich die grüne Sprühflasche halte.

Du Stalker!

Er hat mich entdeckt. Als ich aufsehe, finde ich meinen Mann am Geländer des Hauses vor.

»Gib mir eine Minute und du liegst schreiend unter mir, Babe!«, ruft er auf Englisch über den Garten hinweg zu mir. Klasse, das dürften jetzt auch die Nachbarn wenige Meter entfernt gehört haben, die noch grillen oder ein Lagerfeuer machen.

Ich könnte mich verstecken? Nein, sei nicht albern. Mit jedem Moment wächst die Nervosität, als würde ich Law zum ersten Mal treffen. Er könnte mein Sexangebot für kitschig halten.

Wobei … Ich blicke mich um und nehme auf der Decke Platz. *Das Ambiente ist ihm relativ egal, sobald sein Schwanz in mir ist.*

Ich muss leise lachen, bevor ich mich auf den Decken und aufgestapelten Kissen sexy hinlege. Ich winkele das rechte Bein an, während ich das andere ausstrecke. Vorsichtig lehne ich mich auf den Kissenstapel hinter mir zurück. Nein, das sieht billig aus. Okay, auf der Seite.

Ich lege mich auf die Seite und stütze mit einem lasziven Augenaufschlag meinen Kopf ab. Nein, dann sieht er sofort meinen Arsch. Als ich eine weitere Position finden will, rutscht der Kissenberg nach hinten weg.

»Scheiße, nein, nein, nein!« Auf allen vieren krabbele ich zu den drei weggerutschten Kissen, um sie wieder aufeinanderzustapeln.

»Muss das jetzt passieren!« Warum können das die Pornostars immer alle so viel besser, verdammt. Aber wer weiß, wie oft sie diese lässige Los-ich-bin-für-dich-bereit-Szene drehen mussten. »So perfekt.« Vorsichtig rücke ich das oberste Kissen zurecht.

»Allerdings«, höre ich hinter mir und spüre eine Sekunde später zwei Hände um meine Hüfte. »Was treibst du hier eigentlich?«

Überrascht weite ich die Augen. »Ah, du musst noch einmal zurückgehen, ich bin noch nicht fertig. Du hast mich viel zu schnell gefunden.« Als ich mich aufrichten will, lässt er es nicht zu, sondern reibt mit seinem leicht erigierten Schwanz über meine Pobacken.

»Ich bin nie zu früh, das weißt du, Flocke. Scheiß auf die Kissen.« Im nächsten Moment schiebt er das Bikiniunterteil zur Seite und streichelt mit seinen Fingern über meine leicht geöffneten Schamlippen. »So geil. Hast du dich extra für mich so ins Zeug gelegt?«

Ich werfe wenigstens einen versucht obszönen Blick über die Schulter. »Nein, Darling, für den geilen Nachbar rechts von uns.«

Im nächsten Moment kassiere ich mir einen Klaps auf den Po. »Wir wissen beide, dass du nur meinen Schwanz willst.«

O ja. Ich wollte nie, seit ich ihn kenne, einen anderen Mann.

»Den will ich sogar sehr.« Sanft streicheln Finger über meine Schamlippen und dringen in mich ein. Er dürfte spüren, wie feucht ich bin.

»Heilige Scheiße, was ist das?«, fragt er hinter mir, als er auf die Kugeln gestoßen ist.

»Eine kleine Wiedergutmachung, da du deine Wette verloren hast. Und eigentlich wollte ich mich auf den Kissen hinlegen wie eine Frau, die ihren Mann verführt.«

»Bis du dachtest, du bietest mir gleich deinen runden Arsch an. Find ich wesentlich appetitlicher.« Vorsichtig zieht er die zwei Metallkugeln aus mir, was mich leise keuchen lässt. »Deine Wiedergutmachung nehme ich sehr gerne an, Flocke.«

Und kaum hat er die Kugeln aus mir genommen, fickt er mich mit seinen Fingern. So gut. Genüsslich schließe ich die Augen, lege mich bereitwillig mit dem Oberkörper auf den Kissen ab und atme lauter zwischen geöffneten Lippen aus und ein. »Dein Körper ist der Wahnsinn. Jedes Mal«, höre ich ihn hinter mir und spüre seinen praller werdenden Schwanz. Zwar ist mir meine coole Show nicht so gut gelungen, wie ich es mir vorgestellt habe, trotzdem brauchen wir nicht viel, um den heißesten Sex der Welt zu haben. Egal wo. Egal wann. Daran hat sich in den vergangenen Monaten nichts geändert.

Mit seinen Fingern reibt er über meine Klit, dringt mit seinem Daumen in meinen Anus ein und streichelt über meinen Rücken. »Fuck, ich liebe diesen Anblick.«

»Du liebst den Anblick noch mehr, wenn dein Schwanz in mir ist.« Da ich vom reinen Verlangen nach ihm regiert werde, überlege ich nicht lange und sage: »Fick mich, Law. Bitte.«

Mein Körper zittert bereits, mein Keuchen geht in ein Stöhnen über, als er meine Klit fester reibt und mich seine Finger rhythmisch dehnen.

»Dann sollte ich das wohl tun«, amüsiert er sich. Dieser Arsch. Und gerade als ich laut komme, die Zähne zusammenbeiße, um nicht zu schreien, verpasst er mir einen Klaps auf den Po. In dem Moment, da es leicht brennt, schreie ich und werde zugleich vom heftigen Orgasmus überrollt.

»Schon so viel besser. Und jetzt schrei, dass ich dich ficken soll.«

Bevor er mich noch einmal darum bittet oder es wieder abbricht, schreie ich laut die Worte: »Verdammt, FICK MICH!«

»So gefällst du mir. Das mache ich mit Vergnügen, mein wunderschönes Flöckchen.« Und schon zieht er die Finger aus mir und dringt mit einem quälend langsamen Stoß in meine Pussy. Meine Scheidenwände kontrahieren weiterhin, der Höhepunkt ist noch nicht komplett abgeflaut, als er mich dehnt. Stück für Stück dringt er in mich ein, während ich die Fingernägel in die Decke vergrabe.

Mit beiden Händen massiert er meine Pobacken.

»Du siehst aus, als würdest du kurz eine Pause brauchen«, stellt er hinter mir fest. Sofort schüttele ich den Kopf und drehe anschließend das Gesicht über die Schulter.

»Willst du mich verarschen? Nein, ich brauche keine Pause. Ich will dich spüren, am liebsten die ganze Zeit, die wir in Miami sind.« Da er die letzten zwei Wochen zuvor in New York war, ich büffeln musste und wir bis auf den Sex gestern Nacht und heute im Flieger noch eine Menge gemeinsame Stunden aufzuholen haben.

»Dich so willig zu erleben, macht mich jedes Mal an.« Schon bewegt er sich in mir, zieht seine Härte ein Stück aus mir zurück, um erneut kräftiger in mich einzudringen. Ein leises Knurren verlässt meine Lippen. Er greift in mein offenes und leicht feuchtes Haar, hebt meinen Kopf in den Nacken und hält mit der anderen meine Hüfte, bevor er mich mit tiefen, langsamen Stößen nimmt.

»Ich habe es so sehr vermisst. Die Scheißvideochats sind nichts im Vergleich.«

»Ich weiß«, keuche ich. »Ich liebe dich abgöttisch, Law.«

»Das könntest du meinetwegen auch schreien«, bietet er hinter mir spöttisch lachend an. Oh, das werde ich.

Ich erwidere sein Lachen, bevor er seine Stöße beschleunigt und mich härter vögelt. Sein Schwanz ist bis zum Anschlag in mir, meine Brustwarzen kribbeln, meine Beine zittern, während meinen Körper eine unermessliche Hitze durchflutet.

Er nimmt mich immer heftiger, verändert den Winkel und reibt so über eine empfindliche Stelle in mir. Erneut dringt ein Finger in meinen Anus. Allein diese Berührung treibt mich mit voller Wucht zu einem Abgrund. Mich vor ihm windend komme ich zum zweiten Mal so verdammt lange, dass ich laut: »Merde. Je t'aime, mon tigre!«, schreie.

Mir ist in diesem Moment absolut egal, ob wir gehört werden. Ob sich später jemand beschwert. Gerade zählt nur dieser Moment. Dieser Augenblick.

»Jetzt siehst du bereits fertig aus. Gibs zu, deine kleine Pussy muss sich erst wieder an meinen Schwanz gewöhnen.«

»Musst du das jetzt … sagen …«, keuche ich in die Kissen, als er mein Haar vorsichtig freigibt und ich durchatme.

Ich schnaufe leise, da er sich aus mir zurückzieht.

»Es war nur eine Feststellung. Wir haben dich auch vermisst.« Neben mir legt er sich auf die Decke. Seine Haut wird vom schwachen Kerzenschein angeleuchtet, seine Augen funkeln wie die eines Raubtieres, sein Haar ist wie immer verboten heiß zusammengebunden.

Langsam richte ich mich auf, als er mir seine Hand anbietet. »Reite auf mir, meine Flocke. Ich weiß, wie sehr du es magst. Außerdem …« Kaum dass er mich auf die Knie gezogen hat, greift er um meinen Rücken, öffnet die Schleife des Bikinioberteils und wirft es achtlos zur Seite. »Wow, das ist scharf.«

»Ja, oder? Ich wusste, dir würde es gefallen.«

»Mir gefällt alles an dir. Am meisten der durchgevögelte Blick.« Er streichelt über meinen Hals, die Ketten entlang, die zwischen meinen Brüsten liegen, und stoppt an meinen harten Brustwarzen mit den hübschen Klemmen. »Na dann, steig mal auf, Cowgirl.«

Ich fauche amüsiert, greife nach seiner Hand und werde meinen Slip los, um mich auf seine Hüfte zu setzen. Gerade hätte ich die Chance, ihn hinzuhalten und zu quälen.

»Komm gar nicht erst auf die Idee. Ich habe dich zweimal zum Stöhnen gebracht, eigentlich dreimal. Ich finde, du hast ganz schön aufzuholen.«

»Ha! Das schaffe ich locker.« Und ich weiß auch schon wie. Langsam rutsche ich über ihm abgestützt herunter, küsse seine makellose Brust mit den tintenschwarzen Maoritattoos weiter hinab seinen Bauch. Mit der rechten Hand umfasse ich seinen harten Schwanz, den ich zwischen den Fingern fest massiere, und küsse ihn dabei.

»Sehr geil. Das könntest du Stunden machen«, höre ich ihn sagen und genüsslich keuchen.

Schmunzelnd knabbere ich an seinen Lippen, lecke über sein Kinn und spüre seine Hände auf meinem Arsch. Als er nicht mehr lange braucht, beende ich den Handjob, erhebe mich und führe seinen großen Phallus in meine Pussy. Langsam senke ich mein Becken auf ihn hinab und richte mich auf.

Ein kehliges Stöhnen verlässt seine Lippen. Ich atme seinen herben Duft von Amber vermischt mit Moschus ein und könnte in seinem Geruch ertrinken. Als er meine Hüfte umfasst, während ich mich auf ihm bewege, beuge ich mich etwas zu ihm vor und fahre durch sein Haar.

»Dass du immer in meinem Haar rumwuscheln musst, wenn wir vögeln«, scherzt er, knurrt und übernimmt die Oberhand. Er hebt meine Hüfte auf seinem Schwanz auf und ab und scheint komplett vergessen zu haben, dass er eigentlich mir erlaubt hat, das Tempo des Ritts zu übernehmen. Aber ich beschwere mich sicher nicht. Keuchend strecke ich das Gesicht zur Pavillondecke, bevor Zähne die Ketten um meine Brüste zu fassen bekommen. Mit einem Ruck zieht er mich zu sich, was an meinen Nippeln ziept.

»Fuck. Nur angucken, nicht …«

»Wenn du dich mir so appetitlich anbietest, musst du damit rechnen, dass ich alles anfasse«, knurrt er und umfasst meinen Rücken. Mit Schwung zieht er mich an sich und rollt mich auf den Rücken. »Und jetzt gehörst du mir.«

Unter ihm begraben, genießt er es, mich dominieren zu können. Seine Blicke wandern hungrig über mein Gesicht, er hebt mein rechtes Bein über seine Schulter, bis er mich mit schnellen, tiefen Stößen nimmt. Und das so intensiv, dass ich glaube, zu zergehen. Ein dritter Orgasmus bahnt sich an, den ich zurückhalten will. Ich will, dass er zuvor kommt und nicht …

»Lass los. Schrei, meine Flocke.«

Ich nicke, komme stöhnend an seiner Schulter und beiße in seine Haut. Meine Pussy zieht sich eng um seinen langen Schwanz zusammen, was ihm ein »Deine kleine Pussy ist der Hammer« knurren lässt. »Fuck, ich liebe dich.« Stöhnend kommt er in mir mit drei harten Stößen und ergießt sich in mir.

Bevor ich nach Luft ringen kann, küsst er mich stürmisch und verschwitzt. Sein Körper strahlt so viel Stärke, Wärme und Schutz aus, dass ich diese Position am liebsten nie mehr verlassen würde. Wirklich nie mehr.

Aus dem zuerst gierigen Kuss wird ein langsamer. Unsere Zungen umkreisen sich sanft und spielerisch. Ich beiße in seine Unterlippe, spüre seinen rauen Bart auf meinem Kinn und schlinge die Arme um seinen Rücken.

»Können wir so bis Ende der Woche liegen bleiben?«, frage ich ihn und grabe neben seinem Gesicht meine Nase in sein Haar.

»Hast du an Bondage-Tapes gedacht? Ansonsten frage ich Dorian, der uns zusammenbindet. Aber … ne, dann würde er gleich die Chance nutzen und mich zusammen mit Maron auspeitschen. Kommt nicht infrage.«

Ich lache in sein Haar. Vorsichtig gibt er meinen Fuß über seiner Schulter frei und stützt sich über mir ab.

»Besser, wir wiederholen das hier stündlich«, schlägt er mit einem durchtriebenen Gesichtsausdruck vor.

»Sicher nicht, mein Freund. Ich bin jetzt schon müde.« Demonstrativ gähne ich hinter vorgehaltener Hand.

»Zwei Wochen lasse ich dich lernen und du bist nach einer Runde Sex erschöpft? Bist du krank?«, hakt er belustigt nach, richtet sich über mir auf und schnippt gegen meine Nase. »Oder einfach aus der Übung?«

»Der Jetlag macht mich fertig. Bei uns ist es jetzt …« Ich gähne erneut unter ihm. »Irgendwas gegen fünf Uhr früh. Ich sterbe.«

»Nicht in meinen Armen. Ich werde dich wiederbeleben. Mit meinem Schwanz versteht sich.«

Müde blinzele ich, schaue zu ihm auf und schüttele den Kopf.

»Du Esel.«

»Du kleine Memme.«

KAPITEL 3
Lawrence

Natürlich blieb es nicht bei einer Runde Sex. Mein kleines Flöckchen schlief zwar kurzzeitig unter mir ein, aber wachte recht schnell auf, als ich mich wieder in ihr bewegt habe.

Und fuck. Ich will am liebsten jede freie Minute in ihrer warmen, geilen Pussy sein.

Nach der zweiten, eher kuscheligeren Sexrunde, was Jade hin und wieder braucht, pustete ich die Kerzen aus, warf einen wehmütigen Blick zu den teilweise unbenutzten Sextoys und hob meine Sexgöttin auf die Arme.

Kaum lag sie im Bett, schlief sie sofort an meiner Brust ein. *Ja, sie scheint wohl* fick und fertig *zu sein. Ich könnte ihr Ewigkeiten beim Schlafen zusehen und habe ihren magischen Körper die letzten Nächte vermisst.*

Nachdem ich sicher bin, dass sie tief und fest schläft, steige ich aus dem Bett und nehme eine Dusche.

Gottverdammt, waren die letzten Wochen nervig und anstrengend im stickigen New York. In der Weihnachtszeit ist dort ohnehin die Hölle los.

Daher habe ich meinen Entschluss gefasst. Wenn Jade mit ihrem Studium fertig ist, ziehen wir um ins Landhaus. Ich habe die Nase voll von dem Stadtgestank, dem Lärm, den abgehetzten untervögelten Menschen. Vor einigen Monaten habe ich ein Weingut gefunden. Was gibt es Besseres, als nicht nur Wein produzieren zu lassen, sondern direkt in einer Winzerei zu wohnen?

Das Appartement in Paris werde ich behalten, aber vorerst kommt es mir vor, als bräuchte ich eine Auszeit. Das ständige Verreisen, die Clubs, die Arbeit im Unternehmen meines Vaters und der restliche schnöde Scheiß kotzen mich an. Wie Gideon das aushält, ist mir ein Rätsel. Aber er hat Maron bei sich, die ihn überallhin begleitet.

Jade studiert noch. Ich kann sie nicht ständig auf jede Geschäftsreise mitnehmen, obwohl ich es will. Sie will auf ihren eigenen Füßen stehen, ihr ist das Studium wichtig und sie nimmt es ernst. Daher funke ich nicht dazwischen.

Was danach geschieht, werden wir sehen.

Von dem Weingut erzähle ich ihr am besten, wenn sie den Abschluss in der Tasche hat. Dort zu leben wird der Knaller. Es muss ja nicht für immer sein. Mein Vater verpisst sich mit Nadine auch für mehrere Monate nach Sizilien, um zur Ruhe zu kommen – oder in Nadine zu kommen. Je nachdem.

Dorian ist mit Jane an den Stadtrand von Paris gezogen, Gideon hängt mit Maron etwas außerhalb Marseilles fest. Meine Brüder haben sich schon früher vom impulsiven, schnelllebigen Stadtleben verabschiedet, während ich in meinem Glastower hocke.

Zeit, dass sich das ändert. Außerdem ist ein Weingut eine hervorragende Investition. Ich kann jetzt schon das Etikett auf der Weinflasche lesen: *Exzellenter Wein von Lawrence Chevalier.* Das kommt geil.

Nachdem ich mit der Dusche fertig bin, steige ich zu meiner Flocke ins Bett, ziehe ihr das Laken bis zur Hüfte und schmiege mich an ihren Rücken. Wie ich es vermisst habe, neben meiner Frau einzuschlafen.

»Du wirkst heute etwas angespannt, Law«, begrüßt mich doch als Erstes Dorian mit seinem Gesundheitstee am Küchentresen. Er schenkt mir dieses besserwisserische Lächeln, bevor er seine öde aufgeschlagene Zeitung umblättert.

»Penn du bloß drei Stunden und wach ohne Morgenlatte auf, dann sag mir, dass alles okay ist«, murre ich verpennt.

»Was ist los?« Maron fällt fast die Milchtüte aus der Hand, als sie den Kühlschrank schließt und unvermittelt in knappem durchscheinendem Spitzenpyjama vor mir steht. Ich habe sie gar nicht gesehen. Was versteckt sich das Kätzchen hinter der Kühlschranktür und erschreckt mich so früh am Morgen? »Sag nicht, es geht zu Ende mit dir? Law und kein Ständer, autsch?«, amüsiert sie sich und kichert dämlich.

»Ja, mach dich ruhig lustig, Kätzchen. Du könntest lebensrettende Maßnahmen einleiten, statt mich auszulachen«, maule ich sie an, schiebe mich an ihr vorbei und greife nach einer Tasse, die ich in den Automaten stelle. Was ein Kackmorgen. Haha, lachen wir alle eine Runde über Lawrence, der noch nicht in Fahrt ist.

»Ich fass nichts an, was nicht mir gehört.« Sie kichert wie ein Kleinkind hinter mir und provoziert mich wieder, bis sie heult. Als ich mich ruckartig mit dem fertigen Kaffee zu ihr umdrehe und ihr einen teuflischen Blick schenke, der verrät, besser ihre Klappe zu halten, weicht sie vor mir zurück.

»Keine Sorge. Das ist alles Privateigentum.« Ich deute auf meinen sexy Körper. Bis auf meine Shorts trage ich nichts, was die anderen nicht juckt. Und selbst wenn es stört, interessiert mich das nicht. Wieso auch? Wir haben uns alle schon nackt gesehen.

»Du solltest mit Jade darüber reden, wenn du Potenzprobleme hast«, sagt Gideon, der in Bermudas, schwarzem T-Shirt und feuchtem Haar den Küchenbereich betritt.

»Wer redet hier von Potenzproblemen? Kommt ihr mal alle wieder klar? Ich sagte … Ach, scheißegal. Ihr solltet beide mal eine Paartherapie machen.« Mit meinem Kaffee setze ich mich zu Dorian auf einen Barhocker und grinse Maron und Gideon großkotzig entgegen. »Man hat gestern Abend kein einziges Mal Marons Schreie gehört.«

»Dafür war euer Romeo-und-Julia-Gebrüll im Garten kaum zu überhören«, nuschelt Dorian vor seiner Teetasse, bevor er einen Schluck nimmt. Ganz der Künstler hockt er in einer kerzengeraden Haltung neben mir und trägt eine Gleitsichtbrille wie unser verstorbener Großvater.

»Von dir und Jane habe ich auch nichts gehört, Bruderherz.« Ich schlinge meinen Arm besitzergreifend um seine Schulter, was er hasst. »Ich dachte, ihr wolltet es hier so richtig krachen lassen, wenn Dion wegsieht?«, kann ich mir meinen Spaß nicht verkneifen. Ich will endlich davon ablenken, dass ich Potenzprobleme habe. Ich? Hallo? Schneit's? Im Leben nicht.

»Was solltest du auch hören, wenn ich meinen Engel geknebelt habe?«, bringt Dorian grinsend über die Lippen und liest weiter mit einem verwegenen Blick sein langweiliges Feuilleton.

»Da hört ihr es. Dorian und Jane hatten Spaß. Und ihr?«, richte ich meine Frage an Maron und Gideon, die uns gegenüber am großen Eichentisch Platz genommen haben, ihr Croissant, Joghurt und Körnerfutter mummeln.

»Müssen wir das am Morgen, bevor ich meinen ersten Latte getrunken habe, besprechen, Tiger?«, fragt Maron plötzlich verstimmt. Aha, jetzt ist sie nicht mehr so schnippisch unterwegs?

»Schlecht gefickt oder was? Sei froh, du hast eine Latte«, kontere ich lachend und trete nach ihrer Schulter.

Gideon hebt eine Braue. »Wenn du den Unterhalter spielen willst, geh doch raus und unterhalte dich mit den Nachbarn. Eine Dame hat sich beschwert.«

Ehrlich? Ich hätte mit mehr als bloß einer Dame gerechnet.

»Außerdem hatten wir einen sehr angenehmen Abend«, fügt Maron hinzu, die ihre nackten Beine verschränkt und mir diesen vielsagenden Verführungsblick schenkt.

»Wirklich? Du darfst mir sehr gern erzählen, wie angenehm er war, Kätzchen, wie sieht's aus?«, antworte ich, will mich vom Hocker erheben, als Dorian meine Schulter umfasst und »Nein, du bist erwachsen, Law« murmelt.

»Wir waren im Club tanzen, feiern, sind dann an den Strand gefahren«, erzählt Maron weiter, die nun einen Schluck von ihrem Kaffee nimmt und geheimnisvoll lächelt. Klingt interessant.

»Und dann?«, frage ich weiter.

»Das überlasse ich deiner Fantasie.« Sie zwinkert mir entgegen, bevor Gideon sie vom Stuhl auf seinen Schoß hebt und ihr etwas ins Ohr flüstert.

»Außerdem haben wir bald Neuigkeiten«, verkündet Gideon und schaut von Dorian zu mir.

»Ach wirklich?«, fragen Dorian und ich gleichzeitig. »Sie ist bestimmt schwanger.« Ich lache Maron aus und stoße Dorian an.

»Du redest davon, als sei es etwas Schlimmes«, stellt mein jüngerer Bruder trocken fest und misst mich mit seinen eisblauen Augen, in denen die Warnung steht, jetzt nichts Falsches zu sagen. »Im Gegenteil. So wächst die Familie Chevalier mit jedem Jahr mehr. Sag schon, Maronschneckchen, in der wievielten Woche bist du?«

»Hast du einen an der Waffel? Bloß weil du Potenzprobleme hast, musst du nicht neidisch sein, weil es zwischen deinem Bruder und mir hervorragend läuft.«

»Lass Law im Glauben, wir bekommen ein Kind. Wenn man es so sieht, ist es ja auch so«, sagt Gideon. *Was soll das jetzt heißen?*

»Verstehst du, was sie meinen?«, frage ich Dorian, der nun die Schultern zuckt. »Wo steckt eigentlich deine Frau?«

»Wo steckt deine?«, kontert er.

»Jade schläft, nachdem wir gestern Nacht mehrfach getestet haben, dass ich keine Potenzprobleme habe. Also …«

Erwartungsvoll blicke ich von Gideon zu Maron. »Wir kaufen ein Schiff.«

Ach du Scheiße. Soll ich jetzt lachen oder weinen?

»Ein Schiff«, sage ich nüchtern. »Ich hätte jetzt etwas Spektakuläres erwartet. Etwas, was mich von den Socken haut oder mir ein ›Oh‹ entlockt.«

»Ein Schiff und was habt ihr damit vor?«, fragt stattdessen Dorian interessiert. Was für eine bekloppte Frage? Auf hoher See bumsen, ist doch klar. Dorian sieht aus, als würde er auch eines kaufen wollen. Sind wir hier im Seniorentreffen und quatschen über Schiffe?

»Wir wollen eine Weltreise machen«, erklärt Gideon mit einem fest entschlossenen Gesicht, während ich auf den Moment warte, bis beide laut anfangen zu lachen, weil wir ihnen auf den Leim gegangen sind.

»Ja, gut, jeder hat so seine Hobbys«, murmele ich kopfschüttelnd. »Passt bloß auf, dass ihr nicht langsam zu Frührentnern mutiert. Der eine setzt fleißig Kinder in die Welt, die anderen kaufen ein Schiff und machen eine Weltreise. Was ist bloß aus euch geworden.«

»Nur du bleibst stehen«, stellt Dorian fest. »Obwohl … nicht ganz. Du bist jetzt verheiratet, wer hätte das vor drei Jahren gedacht?«

»Niemand«, sagt Gideon sofort lachend. »Für Lawrence' Verhältnis ist das schon spektakulär. Ihr könnt uns auf der Weltreise begleiten?«, schlägt er vor.

»Wie in alten Zeiten?«, erkundige ich mich mit einem draufgängerischen Heißhungerblick und nehme einen Schluck von meinem Kaffee. Ja, Maron noch mal nackt herumhüpfen sehen, würde mir gefallen.

»Nicht ganz, aber annähernd.«

»Nope, wird nicht gehen. Mein Flöckchen studiert noch«, erkläre ich sofort. »Und ich unterstütze sie weiterhin.«

In dem Moment höre ich von oben einen grellen Panikschrei. »SCHEIßE! MERDE!«

Zuerst weiß ich nicht, ob es Jane oder Jade war. Die Frequenz ist einfach zu hoch, um da eine Frau von der anderen zu unterscheiden.

»Deine Frau oder meine?«, frage ich Dorian.

»Ich glaub deine«, antwortet er. Sofort rutsche ich vom Hocker.

»Ruhig bleiben, Flocke, dein Retter naht!«, rufe ich aus der Küche hoch zur ersten Etage.

»Ohne Degen«, ruft Maron lachend hinterher. Sofort drehe ich mich zu ihr um und strecke ihr den Mittelfinger entgegen.

»Ich zeig dir meinen Degen, falls du die Länge vermisst haben solltest, freche Miezekatze!«

Doch ehe ich mich weiter mit dem unerzogenen Kätzchen abgebe, steige ich die Treppe hoch, immer zwei Stufen auf einmal nehmend, und reiße mit Schwung die Schlafzimmertür auf.

»Was ist passiert? Wo brennt's? Wieder eine Wespe?«

»Nein«, höre ich sie im Bad hektisch sagen und jaulen wie ein Kind, das sich das Knie aufgeschürft hat. »Ich find sie nicht.«

»Die Wespe?«

»Was für eine Wespe?«, fragt Jade sofort, als ich das Bad betrete und den Inhalt ihres Kosmetikkoffers ausgebreitet auf dem Badezimmerfußboden vorfinde. Sie hockt nur mit Bademantel bekleidet, frisch geduscht auf dem Boden und durchsucht jedes Fach ihres Louis-Vuitton-Köfferchens. »Meine Pille.«

Augenblicklich ziehe ich die Brauen zusammen. »Welche Pille? Nicht die *Pille* Pille?«

»Doch, genau die. Ich …« Aufgelöst legt sie ihre rechte Hand auf die Stirn. »Ich hab sie nicht eingepackt, oder doch? Hab ich sie gestern genommen? Hast du darauf geachtet, Law?«

Nein. Das kann ich aber nicht sagen. Es wäre jetzt unkorrekt von mir, zu sagen, dass nur sie darauf achten soll. »Wir können zu einem Arzt fahren oder wir holen neue Pillen aus der Apotheke. Schon wäre das Problem erledigt.«

»Heute ist Sonntag«, erklärt sie verzweifelt. »Wir könnten höchstens ins Krankenhaus. Aber die würden uns für verrückt halten. Ich suche weiter. Schau in deinem Koffer nach.«

»Stopp mal einen Moment.« Vor ihr gehe ich in die Knie und schnappe mir ihr Kinn, um in ihr aufgeregtes

Gesicht zu blicken. »Wann hast du sie das letzte Mal genommen?«

»Ähm … lass mich überlegen. Als ich gepackt habe. Donnerstag, oder? Als wir vorgestern bei meinen Eltern waren, hatte ich sie dabei, oder nicht? Scheiße, ich weiß es nicht mehr. Ich schau in der Handtasche nach.«

Freitag oder Donnerstag? Ich dachte, es ginge nur um heute? Ehe ich sie beruhigen kann, springt sie auf und geht zurück ins Schlafzimmer, um dort die anderen Gepäckstücke abzusuchen und sämtlichen Inhalt überall auf dem Bett zu verteilen. Und darin ist sie Bombe. Denn eine Minute später hat sie das Schlafzimmer in ein Schlachtfeld verwandelt. »Schau auch nach, komm schon! Vielleicht hast du sie eingepackt.«

»Nein, ich habe sie nicht eingepackt, du kümmerst dich darum und lässt sie mich nicht einmal anfassen, damit ich nichts durcheinanderbringe«, antworte ich zu meiner Verteidigung. *So ist es auch.*

»Scheiße, Fuck! Mist! Dann gehen wir ins Krankenhaus und ich lasse mir die Pille danach verschreiben. Zweiundsiebzig Stunden habe ich, glaube ich, Zeit.« *Glaubt sie?*

Wie ein Pfeil stürmt sie zurück ins Bad, um sich anzuziehen.

»Und dann? Vielleicht ist es auch falscher Alarm. Das Zeug soll übel sein. Dann wäre der Urlaub gegessen«, erkläre ich ihr.

»Aber wenn ich es nicht nehme, könnte ich …« Sie senkt den Blick und verzieht ihr hübsches Gesicht, als würde ihr das Wort Bauchschmerzen bereiten. »Schwanger werden oder schon sein bei deiner unvergleichlichen Potenz.«

»Die Wahrscheinlichkeit ist ziemlich gering«, antworte ich ihr, obwohl ich selbst nicht daran glaube.

»Und was, wenn doch? Willst du *schon* Kinder?«, fragt sie unvermittelt, womit sie mich überrollt. Mit dieser Frage, dachte ich, hätten wir noch etwas Zeit.

»*Schon?* Vorhin wurde unten über meine nachlassende Potenz gelästert.«

Sofort wird Jades Gesicht eisern. »Was? Wer lästert darüber? Davon wüsste ich«, antwortet sie lächelnd, kommt auf mich zu und lässt sich von mir in den Arm nehmen. »Ich glaub, du könntest bereits im Rollstuhl sitzen und dein Schwanz würde noch stehen.«

»Wohl wahr. Ganz besonders bei deiner Fürsorge«, raune ich vor ihren Lippen, küsse sie und – fuck – könnte sie sofort hier und jetzt auf dem Badboden flachlegen.

Sie boxt gegen meine Brust. »Was machen wir jetzt?« Sanft streichele ich über ihren Rücken, als sie zu mir aufblickt und das Problem anscheinend nicht mit Sex lösen will.

»Uns bleiben drei Möglichkeiten. Option eins: weitermachen wie bisher«, scherze ich. »Und es hinnehmen. Egal, was kommt. Oder rauskommt.«

»Nicht witzig, Law.« Dieses Mal boxt sie kräftiger gegen meine Schulter.

»Oder dir die Pille danach besorgen.«

Nun schüttelt sie den Kopf. *Interessant.* »Oder dir morgen deine Pille verschreiben lassen.«

Ich höre sie schlucken. »Es waren ohnehin nur fünf Pillen übrig. Bis Dienstag«, sagt sie zu sich selbst. »Okay, gut. Option eins und du bespringst mich nicht mehr.«

Was hat sie gesagt? Ich glaube, ich habe mich verhört? »O nein, vergiss es. Gestern Nacht wolltest du noch, dass mein Schwanz für immer in dir ist.«

»Gestern Nacht wusste ich nicht, dass wir nicht verhüten, du Hornochse«, sagt sie entschlossen. »Oder … Es gibt eine weitere Möglichkeit.« Nun grinst sie.

»Nein, fuck, kein Gummi«, wehre ich den bösartigen Gedanken ab, der sich in ihrem Hirn ausbreitet.

Unschuldig zuckt sie ihre Schultern, bevor sie knapp meine Lippen küsst. »Anders geht es nicht, mein Gott. Ab jetzt will ich aufpassen. Denn vielleicht hast du recht und die zwei Runden Sex«, *Drei* – korrigiere ich sie in Gedanken, aber spreche es besser nicht aus, um sie nicht noch nervöser zu machen, »hatten wir Glück und ich bin nicht schwanger.«

»Soll bedeuten, meine Schwimmer haben nicht die Gelegenheit genutzt, um einen Treffer zu landen?«

Sie legt ihre Stirn in Falten. »Das habe ich nicht gesagt.« Plötzlich umfassen ihre Finger meinen Schwanz und sie küsst meinen Mundwinkel. »Ich glaube, jeder Schuss wäre ein Treffer, wenn deine Schwimmer dürften«, schmeichelt sie sich bei mir ein. *Fuck, der Griff um meine Eier und meinen Schwanz macht mich hart.*

»Wollen wir es testen?«, hake ich provokant nach, umfasse ihre Schulter und treibe sie rückwärts zur Wand neben der Dusche.

»Nein. Nur Trockenübungen mit Gummi.«

Ich stöhne genervt. *Solch eine Kacke.*

KAPITEL 4
Lawrence

»Armer Tiger«, sagt Maron, die in ihrem schwarzen Bikini aus dem Pool steigt und mich nass spritzen muss. Sie hat Gideons und mein Gespräch belauscht, während Jade kurz mit ihrem Professor telefonieren muss. Eine Woche Auszeit und schon explodiert mein Leben.

»Ich brauche dein Mitleid nicht. Ihr könntet aus Solidarität auch einen Gummi verwenden«, biete ich an und lasse meine Blicke an ihr auf und ab gleiten. Sofort schnappt sie sich ein Handtuch, das ihr Gideon reicht.

»Nein, lass mal, Law. Ich weiß, wie du dich fühlst.« Zum Glück hat Gideon Mitleid mit mir. »Wartet ab, hinterher ist nichts.«

»Was wäre so schlimm daran, wenn Jade schwanger werden würde? Mir dich als Vater vorzustellen, hat seinen Reiz«, antwortet Maron und wringt vor mir ihr Haar aus. »Jetzt nicht falsch verstehen, Law. Aber ich denke, du könntest Qualitäten unter Beweis stellen, von denen du bisher keine Ahnung hast.«

Hat sie einen sitzen! Verärgert funkele ich ihr entgegen, erhebe mich und will ihr das Handtuch vom Körper reißen. »Sei nicht albern, Maron.«

»Sei nicht so sauer. Es war nicht böse gemeint«, meckert sie und hält ihr Handtuch stur fest. Trotzdem hole ich die Distanz auf, die sie zurücksetzt. »Ich meine ja nur. Du gehst eh steil auf die vierzig zu. Nächstes Jahr bist du auch fällig und dann …«

Ich gebe ihr einen Stoß gegen die Schulter, sodass sie quiekend ins Wasser kippt, ehe mich Gideon davon abhalten kann.

»Musste das jetzt sein? Atme mal durch«, mischt sich Gideon ein.

»Tu ich ja, aber in meinem Kopf sind Haufen Fragezeichen. Ich bin nicht so cool wie Dorian.« Ich nicke zu meinem jüngeren Bruder, der mit Jane auf dem Strandbett kuschelt und gemeinsam mit Dion über Facetime redet. »Die beiden sind dazu geboren worden, Kinder auf die Welt zu setzen, sie zu verhätscheln, und wissen, was zu tun ist, klar? Ich hätte schon Angst, mich versehentlich auf ein Baby zu setzen, weil ich nicht aufpasse.«

»Du wirst es lernen, mit einem Baby umzugehen. Das ist gar nicht so schwer«, sagt Gideon, der merkt, dass ich fast durchdrehe. Jade soll davon nichts wissen. Ihr gegenüber bin ich die letzten Stunden ruhig geblieben. Ich will am liebsten jetzt eine Antwort. Eine Antwort, ob wir einen Treffer gelandet haben oder fröhlich weitervögeln können.

Scheiß auf den Gummi, der interessiert mich nicht.

»Nicht so schwer? Dion schreit schon, wenn er mich bloß sieht. Kinder haben Angst vor mir, das ist ein Gesetz«, erkläre ich, gehe an Gideon vorbei, um mich auf die Liege zu setzen und meinen Scotch zu schnappen. Ich brauche was für die Nerven, sonst stecke ich Jade mit meiner Unruhe an.

»Dich so aus dem Konzept gebracht zu sehen, ist schon …«, beginnt Maron und steigt mit dem triefend nassen Handtuch um ihren Körper aus dem Wasser. »Heute Morgen hattest du noch Zweifel an deiner Potenz.«

»Die hattest du!«, murre ich und nehme zwei Schlucke vom eisgekühlten Scotch, der meine Kehle hinabrinnt. *Göttlich. Ich brauche mehr.*

»Okay, es war ein Scherz. Deine eigenen Kinder werden keine Angst vor dir haben, sondern dich mögen. Wer will nicht so einen coolen, heißen Daddy wie dich als Vater?«, versucht sie es geradezubiegen.

»Sehe ich genauso. Maron und ich haben auch schon über das Thema gesprochen und du kennst meine Meinung«, sagt Gideon. Neben mir nimmt er Platz und legt seinen Arm um meine Schulter. »Es ist halb so wild. Wenn Jade wirklich schwanger ist, kriegst du das hin. Ganz besonders du. Oder willst du kneifen?«

»Niemals. Ich lasse meine Frau nicht im Stich und setze sie aus«, antworte ich augenblicklich.

»Siehst du. Gemeinsam schafft ihr das. Geht es locker an. Hinterher bist du noch enttäuscht, wenn sie nicht schwanger ist.«

»Wetten, sie ist schwanger?«, startet Maron eine neue Wette. Genervt schaue ich zu ihr auf. *Muss das sein?* Ich weiß, dass sie mich aufmuntern will, aber gerade ist mir nicht zum Lachen zumute.

»Ich wette, sie ist schwanger!«, ruft Dorian dazwischen. Tief durchatmend grinse ich bitter. Am besten, ich ignoriere ihre Meinungen und komischen Wetten. Das geht mir am Arsch vorbei. Sie können mich damit nicht aufheitern. Am meisten stört es mich, nicht zu wissen, woran ich bin.

»Bin fertig.« Jade kommt auf die Terrasse, schiebt ihr Smartphone in ihre Shortstasche und schaut von Marons klitschnassem Handtuch zu Gideon, der weiterhin meine Schulter tätschelt, was ich einfach in dem Moment brauche. »Was ist passiert?«, erkundigt sich meine Flocke mit einem verstörten Blick.

»Nichts.«

»Wir haben Law getröstet«, sagt Maron mit einem Schmunzeln. Sie schnappt sich ein trockenes Handtuch und wickelt sich darin ein.

»Okay«, beginnt Jade mit einem Blick zu mir, der nichts Gutes verrät. *Was ist jetzt?* »Ich muss zurückfliegen.«

»Vergiss es«, kommt es sofort über meine Lippen. »Wir finden hier einen Arzt.«

»Das ist es nicht.« Jade leckt sich über ihre vollen Lippen, schaut entschuldigend zu Dorian, Gideon und Maron und atmet geräuschvoll durch. »Mein Prof will mich übermorgen sehen. Ich muss mich noch mal an einen Unterpunkt meiner Abschlussarbeit setzen, der nicht korrekt ist.«

Kurz tritt ein Moment der Stille ein. »Tief durchatmen, Law«, flüstert mir Gideon ins Ohr. »Das ist alles kein Weltuntergang.« *Er hat Nerven, das zu sagen.*

»Okay.« Mehr sage ich nicht. Der Urlaub ist ohnehin gelaufen.

»Okay?«, fragt meine Flocke, geht vor mir in die Knie und neigt den Kopf. Sie forscht in meinen Augen und erkennt sofort, dass ich innerlich gerade auf einen Boxsack eindreschen wollen würde. *Holen wir den Urlaub irgendwann nach. Kein Problem.*

»Ich könnte Donnerstag zurückfliegen«, schlägt sie vor. »Es tut mir ehrlich leid, aber …«

»Kein Problem. Wir fliegen beide zurück«, antworte ich ihr, lege meine Hand um ihre Wange und blinzele. »Vielleicht ist es auch besser so. Wir können nächstes Jahr nach Miami fliegen.«

»Wir wären sofort dabei«, höre ich Jane in unsere Richtung rufen, für die der Sexurlaub die pure Entspannung ist. Für mich ist er die Hölle.

Gideon hat mittlerweile seinen Arm von mir genommen und reibt sich grübelnd über die Stirn. »Wehe, ihr startet eure Weltreise, bevor wir in Miami waren«, drohe ich ihm.

»Wir können sie in Miami starten, nicht wahr, Darling?«, schlägt Maron vor. »So oder so. Fliegt zurück. Du bist ohnehin von der Rolle. Ich denke, ihr beide braucht etwas Zeit für euch.« Maron steht unvermittelt neben mir und nickt zu Gideon, damit er uns beide allein lässt. Jade nimmt an seiner Stelle neben mir Platz und lehnt ihren Kopf an meine Schulter. Sofort nehme ich sie in den Arm. »Es tut mir wirklich leid. Aber wenn ich die Abgabe einhalten will, muss ich zurück. Das lässt sich nicht aufschieben.«

»Schon okay, ziehen wir es durch. Bis Juni bist du fertig.«

»Allerdings. Danke, dass du dafür Verständnis hast.« Sie küsst meine Wange, bevor sie sich an meine Brust schmiegt.

KAPITEL 5
Jade

Wieder in Paris gelandet, hat Law das erste Fitnessstudio aufgesucht, um seinen angestauten Frust und seine Gefühle abzubauen. Ich bin mit der Bahn quer durch Paris zur Uni gefahren, um mit Prof Durand noch einmal über meine Abschlussarbeit zu sprechen. Obwohl ich viel lieber schlafen würde. Ich bin dermaßen erledigt, müde und ausgelaugt.

Aber es ist, glaube ich, besser, wenn Law und ich ein paar Stunden getrennt sind, damit jeder seinen eigenen Gedanken nachhängen kann.

»Bonjour«, begrüße ich Prof Durand, nachdem ich an seiner Tür angeklopft habe und sie leise öffne. Ich habe fünf Minuten Verspätung, da ich von unserem Appartement viel länger zur Uni brauche als früher vom Wohnheim. Aber ich beschwere mich sicher nicht.

Das Appartement – oder besser Gottes Reich – stellt das enge Wohnheimzimmer komplett in den Schatten.

Vor dem Schreibtisch schultert eine blonde Studentin ihre Tasche auf, die nun an mir mit einem ziemlich blassen Teint vorbeigeht. Sie sieht etwas mitgenommen aus und scheint den Tränen nah zu sein. Oder habe ich das falsch gedeutet?

»Madame Chevalier, nehmen Sie doch Platz.« Prof Durand erhebt sich in seinem legeren Anzug und deutet auf den frei gewordenen Stuhl vor seinem Schreibtisch.

An das moderne Büro, in dem goldgerahmte Urkunden an den Wänden hängen, das mit bequemen Stühlen und einem großzügigen Schreibtisch ausgestattet ist, grenzt die Tür zur studentischen Hilfskraft an. Meistens steht die Tür offen, heute ist sie geschlossen und niemand ist im Nebenraum zu hören. Vermutlich ist Daphne schon zu Hause. Hinter der Glasfront, die sich hinter Durand erstreckt, ist es bereits stockdunkel und nichts mehr vom Innenhof der Fakultät zu erkennen.

»Danke«, sage ich mit einem Lächeln auf den Lippen. Nachdem ich den Skandal an meiner Uni überlebt habe, habe ich mich vor der Ehe mit Law dazu entschieden, die Uni zu wechseln. Ich wollte nicht länger jeden Morgen Cécile, meiner ehemaligen besten Freundin, oder Yannik, meinem fremdvögelnden Exfreund, begegnen. Und ich wollte nicht länger als die komische

Studentin im Hörsaal oder auf den Gängen angeglotzt werden, die einem Reichen ihre Jungfräulichkeit geschenkt hat. Als bekannt wurde, dass ich *diesen* Reichen auch noch heirate, begann das Gerede erneut und die Gerüchteküche kochte fast über.

Ich hasse es so sehr, dass andere über jemanden urteilen, den sie nicht kennen. Ob aus Neid oder weil sie sich für mich schämen, weiß ich nicht. Ich will es auch nicht wissen. Aber mich haben die Blicke und Fragen in ihren Augen massiv gestört. Es war eine anstrengende und nervige Zeit. Deswegen wollte ich bloß noch von meiner alten Uni weg und gehe jetzt auf eine Privatuni mit erfolgversprechendem Berufseinstieg.

Um Law nicht die Uni komplett bezahlen zu lassen, arbeite ich zweimal die Woche wie Daphne als studentische Hilfskraft in Durands Büro.

»Ich hoffe, ich habe Ihren Sonntagabend nicht mit meinem Anruf gestört?« *Bei mir war es Mittag in Miami.* »Ich freue mich, dass Sie hier sind und Ihre Arbeit ernst nehmen. Nachdem ich mir die ersten Absätze durchgelesen habe, ist mir aufgefallen, dass Sie nicht auf das Thema eingehen, wie wir es besprochen haben. Als Fachlektüre würde ich Ihnen meine Zusammenstellung empfehlen.«

Über seinen Brillenrand schaut er zu mir, bevor er seine Lippen befeuchtet und mir geheftete Dokumente über den Schreibtisch schiebt.

Durand ist Mitte dreißig, eigentlich nicht mal hässlich, was mich null interessiert. Er kann manchmal freundlich sein, manchmal jedoch auch streng. Vermutlich hat deswegen die andere Studentin fast geheult, weil er ihr etwas gesagt hat, was ihr zu schlucken gab. Ansonsten ist er eigentlich direkt, ehrlich und mal nett anzusehen, neben den Bierbauchdoktoranden oder hageren Skelettwürstchen. *Mist, ich denke schon wie Law.*

»Okay, danke. Ich gehe die Liste durch und werde die Bücher noch heute aus der Bibliothek ausleihen. Bis wann soll ich die Überarbeitung des Kapitels einreichen?«

»Am besten bis Mittwoch.« *Was? Ist das sein Ernst?* Ich habe jetzt noch mit dem Jetlag zu kämpfen.

»Mittwoch?«, wiederhole ich keuchend. »Die Abgabefrist der Arbeit wird sich deswegen nicht verschieben.« Mit einem versucht erwartungsvollen Blick streiche ich mit den Fingern über seine geheftete Bibliografie.

»Wenn Sie weiterhin so unsauber arbeiten, dann schon. Sie haben erst knapp die Hälfte der Arbeit geschrieben. Drei Kapitel mussten neu verfasst werden. Wenn Sie Schwierigkeiten haben, unterstütze ich Sie, dafür bin ich da.« *Ja, das weiß ich.*

Trotzdem weiß ich nicht, wie ich das bis Mittwoch – also übermorgen – schaffen soll. Zwanzig Seiten einer wissenschaftlichen Arbeit über das Thema

»Werbeanglizismen in französischen und deutschen Jugendzeitschriften« schreiben sich nicht an einem Tag. Schließlich gehört dazu eine ausreichende Recherche und Lesen von neuen Studien, Aufsätzen, Forschungsarbeiten.

»Ich werde mein Bestes versuchen und noch heute beginnen.«

»Das hört sich motiviert an. Falls Sie Fragen haben, können Sie mich jederzeit erreichen. Auch abends, wenn Sie über dem Text sitzen und nicht vorankommen sollten. Rufen Sie lieber öfters an als zu wenig«, antwortet mein Prof, was ich sehr freundlich von ihm finde, aber nicht nötig sein wird.

Obwohl … Ich habe bisher schon fünfzehn Seiten unnötig geschrieben, die ich in die Tonne werfen kann. Wer weiß, ob ich nicht doch auf sein Angebot zurückkommen werde.

In meinem schwarzen Rock, unter dem dunkle gemusterte Strümpfe hervorblitzen, einem tief ausgeschnittenen T-Shirt und Blazer erhebe ich mich. Ich wollte mich später mit Law im Restaurant treffen, wenn er sich ausgepowert hat. Und da ich weiß, wie sehr er auf sexy Strümpfe steht, habe ich mir welche angezogen. Hoffentlich hebt das seine Stimmung, wenn er mich sieht. Obwohl, ich bin mir ziemlich sicher, dass er dafür das Kondom gern in Kauf nimmt, nur um an seine Beute heranzukommen.

Mit einem Lächeln auf den Lippen und einem losgelösten Gefühl in der Brust verlasse ich das Büro meines Profs. Im Anschluss suche ich die Bibliothek auf, bestelle die Buchtitel am Computer vor, die sie erst morgen liefern können, und ärgere mich einen Moment schwarz, da zwei wissenschaftliche Arbeiten, die ich ebenfalls brauche, bereits für zwei Wochen ausgeliehen sind. *Verdammt!*

Es muss ohne die beiden Bücher gehen.

Trotzdem bestelle ich die Titel vor, verlasse im Anschluss die riesige Bibliothek und suche mein Schließfach auf. Als ich mein Handy aus dem Blazer ziehe, sehe ich, dass ich bereits viel zu spät dran bin. Law hat mir geschrieben, der sicher die Zeit im Restaurant totschlägt und auf mich wartet. Rasch rufe ich ihn an.

»Sorry, Babe, ich musste noch in die Bibliothek und fahre jetzt zum Restaurant.«

»Kein Problem, ich warte gern auf dich.«

Klasse, ich höre an seiner Stimme, dass er etwas angefressen ist.

»Ich mache es wieder gut«, verspreche ich ihm.

»Mit Gummisex zum Beispiel?« Im Hintergrund höre ich gedämpfte Gespräche von Gästen, das Klirren von Geschirr und Gläsern.

»Das ist unfair. Ich hole einen Test auf dem Rückweg und werde für nächste Woche einen Termin machen, damit wir ab dem Go des Arztes wieder gummifrei

Sex haben können«, flüstere ich die letzten Worte leiser ins Handy, als ich das Schließfach zuwerfe und meinen Euro aus dem Schloss heraushole. Anschließend husche ich eilig aus dem Ausgang der Bibliothek mit einem Stapel Bücher im Gepäck und suche die nächste U-Bahn-Station auf. Es ist bereits dunkel und kurz nach 20.30 Uhr.

»Ich geb dir keine Schuld, Flocke. Es kotzt mich selber an, so übel drauf zu sein. Es gibt ja andere gummifreie Möglichkeiten, um die Wartezeit zu überbrücken. Wie wäre es mit Analsex oder Blowjobs? Oder ich …«

Zwischen den wartenden Menschen drängele ich mich zur Bahnstation. Dabei rutscht mir der Stoffbeutel mit den Büchern von der Schulter.

»Machen wir so«, antworte ich abgehetzt. »Genau in der Reihenfolge. Meine Bahn kommt gleich, Tiger. Bis später. À plus tard, mon cœur« Rasch lege ich auf, ohne seine heißen Fantasien zu vertiefen. *Verdammt! Was ist heute los?* Ihn gerade so abgewürgt zu haben, verschafft mir weiter ein schlechtes Gewissen. Ginge es nicht um meine Masterarbeit, würden wir sicher noch am Pool in der teuren Villa in Miami relaxen.

Schnell gehe ich in die Knie, um zwei Bücher, die aus dem Beutel gerutscht sind, wieder einzusammeln, bevor Menschen auf sie treten können. In dem Moment höre ich das Fahrgeräusch meiner Bahn, die in der Station ankommt. Ich weiß, dass Law weiterhin will, dass ich mit dem Auto durch Paris fahre oder mich ein Chauffeur überall hinbringt, aber das will ich nicht. Dann würden die Leute irgendwann an der Uni reden. Ich gehöre nicht zur Fraktion der reichen, verzogenen Snobs.

Gerade als ich mich hinabbeuge, sehe ich kakaobraune Lederschuhspitzen vor mir, die in schwarze Anzughosen übergehen. »Madame Chevalier. Brauchen Sie Hilfe?«

Oh! Mein Prof ist hier? »Nein, alles ist eingepackt. Ich muss dann auch. Das ist meine Bahn.« *Die ich unmöglich verpassen will.*

Ohne unhöflich zu wirken, winke ich Prof Durand zu und steige in die Bahn ein. Die Bahn muss natürlich brechend voll sein. Richtig, es steht der erste Advent vor der Tür, und jeder Depp muss Richtung Zentrum zum Weihnachtsmarkt fahren, um sich die Kante zu geben.

Leise schnaufend bahne ich mir einen Weg zur nächsten Haltestange, damit ich nicht während der Fahrt umkippe.

Nachdem ich im Zentrum angekommen bin, laufe ich durch das weihnachtlich beleuchtete Paris an den Bars, Cafés und Shops vorbei. In einer Shoppingmall kaufe ich drei Schwangerschaftstests und werde von anderen Käufern blöd angestarrt. Ich kenne Laws Ungeduld und dass er alles doppelt und am liebsten dreifach abgesichert haben will. Ein Test, der negativ ausfällt, genügt ihm nicht. Zwei hingegen schon. Besser sind sogar drei.

Während des Rückflugs nach Paris habe ich mich länger belesen, ab wann ein Test frühestens gemacht werden kann. Praktisch schon morgen. Aber wesentlich sicherer wäre, erst einmal abzuwarten, ob ich meine Tage bekomme. Wenn es so wäre, hätte sich das Problem praktisch von allein geklärt und ich hätte mir das Geld für die Tests schenken können.

Ich bin der Meinung, dass ich nicht schwanger bin. Das wäre wirklich ein heftiger Zufall. Denn ich nehme die Pille, seit ich Law kenne, liebe und mit ihm schlafe, sehr gewissenhaft. Es gab nicht einen Monat, wo ich sie vergessen habe. Außerdem müsste ich knapp am Eisprung vorbeigeschlittert sein, daher wird nichts passiert sein. Law hingegen glaubt, mir bereits anzusehen, dass ich mich verändere. Er ist manchmal solch ein niedlicher Spinner.

Im Restaurant über eine Dreiviertelstunde zu spät angekommen, finde ich Law an einem Fenstertisch vor. Er sieht in seinem schwarzen Longsleeve und mit dem zusammengebundenen Haar zum Niederknien aus, was auch den drei Frauen an der Bar nicht entgeht, die alle drei hin und wieder in seine Richtung blicken.

Ja, ich habe den heißesten Mann der Welt geheiratet.

Einen Moment genieße ich das Schauspiel. Law studiert das Display seines Handys, nimmt hin und wieder einen Schluck von seinem Guinness und beachtet die Weiber gar nicht. Sie hingegen sabbern fast den Bartresen voll, tuscheln aufgeregt und können ihre Blicke nicht von meinem Gott lösen.

Langsam gehe ich auf den Tisch zu und verfolge aus den Augenwinkeln, wie wir beobachtet werden.

»Hallo, mein Gott. Tut mir leid wegen der Verspätung«, entschuldige ich mich noch mal und beuge mich zu ihm hinab, um ihm einen Kuss auf die Wange zu geben.

Er grinst schief, bevor er das Handy weglegt und seinen Arm um meinen Nacken schlingt. »Du solltest das Angebot mit dem Chauffeur annehmen.«

»Ich überlege es mir noch mal.« Vorsichtig gibt er mich frei, aber nicht, ohne mir einen Kuss zu geben und mich von dem schweren Beutel zu befreien.

»Was ist das für ein Zeug? Das sieht nach Arbeit aus.«

»Ist es auch. Ich weiß, die Woche wollten wir zu Hause herumgammeln, Burgerwettessen veranstalten, Fortnite zocken und Pornos schauen, aber …« Ich seufze, da ich ihn erneut enttäusche.

Er stöhnt gequält, aber ringt sich zu einem Lächeln durch. »Ich kann dir behilflich sein und dir nackt die Buchseiten aufschlagen oder dich beim Schreiben beobachten, wie wär's?«, bietet er mir an.

»Könnte mir gefallen.« Ich erwidere sein Lächeln, bis ich einen Wein bestelle, er das Essen aufgibt und anschließend nach meiner eiskalten Hand auf dem Tisch greift. Wieder schauen die drei Frauen zu uns, bis sie endlich bezahlen und die Biege machen.

»Du wurdest wieder geblickfickt«, flüstere ich hinter vorgehaltener Hand zu ihm.

»Ich weiß, deswegen solltest du dich beeilen, damit ich ihre Gesichter sehe, wenn du hereingeschneit kommst, und sie checken, dass sie nicht mit dir mithalten können.« Sofort schlägt mein Herz schneller, als ich seine Worte höre.

»Du Charmeur.« Sanft stoße ich ihn an, als mein Wein gebracht wird.

»Der bin ich, durch und durch. Während du mich hast warten lassen, habe ich mich informiert. Über die Babysache und wann was abläuft. Ich weiß jetzt sogar, wann ein Baby Arme bekommt. Obwohl ich zuerst nach den Genitalien gesucht habe«, scherzt er, worüber ich lache.

Okay, er scheint sich bereits viel zu sehr auf die Thematik einzulassen, während ich bloß an meine Masterarbeit denken kann.

»Dann bist du wahrscheinlich besser informiert als ich. Aber … wie soll ich es sagen.« Ich senke den Blick auf das Weinglas, das ich zwischen den Fingern drehe. Seine Hand legt sich unter mein Kinn, damit ich in seine graublauen Augen blicke.

»Was sagen?« Gespannt kneift er die Augen zusammen.

»Ich möchte nicht, dass du dich irgendwie darauf freust. Gestern warst du noch kurz vorm Durchdrehen, und heute weißt du bereits, wann der Geburtstermin sein könnte.« Ich umfasse mit einem weichen Blick seine Hand, die um mein Kinn liegt.

»Wir werden die Tests machen und danach sehen, wie es weitergeht. Gerade platzt mir ohnehin der Kopf. Ich muss das Kapitel bis übermorgen überarbeiten.«

»Übermorgen?«, wiederholt Law. »Ist dein Prof nicht ganz dicht? Eigentlich hast du Urlaub. Zumindest war es abgesprochen, dass du diese Woche freihast.« Ich kann ihm ansehen, wie genervt er ist, was ich verstehen kann.

»Ich weiß. Aber sieh es mal so, je eher ich mit der Arbeit fertig bin, desto eher hab ich das Studium abgeschlossen.« Was dann kommt, wird sich zeigen. Obwohl wir bereits darüber gesprochen haben, dass ich gern in Paris in einer Werbeagentur anfangen möchte.

»Auch wahr. Ich finde nur, er setzt dich ganz schön unter Druck. Als ich studiert habe, lief das alles relaxter ab.« Gelassen lehnt er sich im Stuhl zurück, nimmt einen Schluck von seinem Guinness und macht eine Grimasse, als ihn die drei Weiber durch das Fenster blöde anglotzen.

»Weil du jemanden bezahlt hast, der dir geholfen hat«, antworte ich schmunzelnd und trinke meinen

Wein. »Du wusstest sofort, was du am Ende werden würdest. Bei mir ist das etwas anders.«

»Stimmt, da war etwas.« Er lacht und hebt sein Glas. »Vergessen wir die Arbeit. Cheers, mein Flöckchen mit dem heißen Röckchen. Ich hab deine Botschaft verstanden.«

Anzüglich hebe ich die Brauen, als sein Blick zur Tischseite wandert, damit er meine Strumpfhosen sehen kann.

»Ich wusste, dir entgeht nichts. Meinetwegen können wir jetzt über die gummifreien Methoden sprechen«, schlage ich vor, was er mit einem frivolen Blick quittiert.

Nachdem ich den Tag darauf komplett verpennt habe, musste ich den restlichen Mittag, Nachmittag und Abend über meiner Arbeit brüten. Ich habe jeden Artikel, jeden Aufsatz, jede gottverdammte Zeile der neuen Bibliografie studiert und an meinem Kapitel geschrieben. Law hat sich jede Stunde um mich gekümmert, mir etwas zu essen gebracht, meine Schultern massiert, mein Haar neu hochgebunden – darin ist er ein echter Profi – oder mir einen Kaffee gebracht, sobald ich kurz vorm Einnicken war.

Im Jogginganzug und komplett übermüdet schließe ich gegen ein Uhr morgens den Laptop und lege die

Stirn auf den Holztisch im Wohnbereich. »Morgen früh noch mal lesen, dann geb ich es ab … Es ist grauenhaft geworden. Ich hab kompletten Müll geschrieben und zwei Themen noch nicht abgehandelt.« Daher öffne ich den Laptop erneut. Lawrence erhebt sich mit einem Tee von der Couch und kommt in Jogginghosen und Shirt auf mich zu. *Seit wann trinkt er Tee?*

»Vergiss es. Es reicht für heute. Du hast mehr als sieben Stunden daran gearbeitet. Wir gehen jetzt schlafen. Zuvor machst du einen Test.« Mit diesem ernsten Blick, den er sehr gut beherrscht, wenn wir allein sind, deutet er auf das Badezimmer. Er liebt es, seinen Einfluss auf mich auszuüben. Und ich könnte nicht mehr ohne seine Anweisungen leben und würde vermutlich im Chaos versinken, verschlafen oder vergessen zu essen. Im Prinzip besteht er sogar auf Regeln, auch wenn es nicht sofort den Anschein erweckt. Er achtet sehr auf sich und ganz besonders auf mich.

»Sicher?«, hake ich unentschlossen nach.

»Es ist Donnerstag«, antwortet er grinsend, als würde mein Körper einer Funkuhr gehorchen.

»Okay, du wirst sehen, dass unsere Sorge absolut unbegründet ist.« Gähnend erhebe ich mich vom Stuhl, leere zuvor meinen Tee, den er mir gebracht hat, und gehe auf ihn zu. Vor ihm angekommen greife ich nach seinem Shirt und ziehe ihn zu mir. »Bist du dabei?«

»Sicher. Was dachtest du denn?«, antwortet er belustigt mit gesenktem Gesicht, umfasst meine Pobacken und hebt mich an sich hoch. Ich liebe es, wenn er mich wie sein Eigentum herumträgt. Im Badezimmer angekommen, fallen mir fast die Augen aus dem Kopf. Er hat bereits einen Test ausgepackt und auf den Waschtisch gelegt, als ich über meiner Arbeit saß.

»Im Prinzip kann man nichts falsch machen«, erklärt er lehrmeisterhaft, bevor er mich auf dem Waschtisch absetzt. »Ich weiß, wie es geht.«

»Und das ganz genau, oder? Hast du schon einen selbst benutzt, um zu testen, ob sie funktionieren?«, scherze ich, als ich nach dem Test greife und ihn zwischen den Fingern hin und her drehe.

»Wie witzig du doch sein kannst. Du pinkelst auf diese Seite drauf.« Er deutet auf das weiße Feld. »Machst die Klappe drauf und dann müssen wir warten.«

Mir schlägt das Herz bis zum Hals, als ich seine Anleitung höre und *dieser* Moment eingetreten ist. »Du kannst auch in einen Becher pinkeln und wir …«

»Ich mach das schon.« Rasch umfasse ich den Test fester, rutsche vom Waschtisch und atme tief durch. Es war bereits ein merkwürdiges Gefühl, den Test in der Apotheke zu kaufen; ihn jetzt machen zu müssen, wird ebenfalls komisch. Aber so haben wir Gewissheit.

»Bleibst du immer noch bei deinem Tipp?«, frage ich ihn unsicher.

»Nein. Ich habe keine Ahnung. Aber so oder so, wir nehmen, was kommt«, antwortet er, umfasst mein Gesicht mit beiden Händen und legt seine Lippen auf meine. Zärtlich erwidere ich den Kuss, spüre seine Neugierde und Anspannung. Er hat keine Zweifel daran, dass eine ungeplante Schwangerschaft unsere Beziehung zerstören könnte oder alles verändert. Law braucht einfach nur Antworten. So war er schon immer. Und bevor ich kneife oder den Test verschiebe, was mir absolut zuzutrauen wäre, mache ich ihn lieber vor seinen Augen.

Nachdem ich mich von seinen Lippen trenne, drehe ich mich zur Toilette um. Er gibt mir einen leichten Klaps auf den Po. »Los, Häschen, mach ihn. Ich dreh mich auch um.«

Okay, ich schaff das. Es ist ja nicht kompliziert. Nur habe ich vor der Antwort Angst. Als sich Law mit dem Gesicht zur Tür dreht, da er weiß, dass ich unter Beobachtung nicht pinkeln kann, hocke ich mich auf die Toilette und benutze doch einen Becher. Als ich fertig bin, ziehe ich die Hose hoch und betätige die Spülung.

»Okay, kann losgehen.« Law tritt an meine Seite, bevor ich den Test in den Urin tauche und im Anschluss die Kappe draufziehe.

Während ich die Hände wasche, den Rest Urin wegschütte und meine Zähne putze, um mich abzulenken, bleibt er stoisch vor dem Test am anderen Ende des

Waschtischs stehen und lässt ihn keine Sekunde aus den Augen. Keiner sagt ein Wort. Und das ist unheimlich. Wir haben uns immer etwas zu sagen.

»Und?«, durchbreche ich die Stille, als ich meinen Mund ausgespült habe und nun die Haare kämme. Warum sagt er nichts? Es dürften bereits fünf Minuten um sein.

»Law? Hallo?«

»So wie es aussieht, musst du noch einen Test machen.«

»Nein, komm schon. Einmal negativ genügt. Morgen machen wir den zweiten.«

Ohne zu blinzeln, starrt er auf den Test. Seine Mundwinkel zucken, als er hart schluckt. »Er ist nicht negativ.«

»Nein, du verarschst mich doch.« Sofort lege ich die Bürste beiseite und gehe auf ihn zu, schnappe mir den Test und sehe die Anzeige »Schwanger«. Augenblicklich geben meine Knie nach, was er rechtzeitig mitbekommt, und er fängt mich unter den Armen auf.

»Das kann nicht sein.« *Das ist unmöglich.*

»Es ist so, meine Flocke. Ich habe es gewusst. Von wegen Potenzprobleme. Das ist ja wohl der Beweis, dass alles funktioniert und meine Schwimmer, bereits zwei Tage nachdem die Hormonschranke gefallen ist, einen Treffer gelandet haben.«

Mir wird übel. Während er hinter mir steht, starre ich mit Tränen in den Augenwinkeln auf den Test. Das kann nicht stimmen. Ich kann jetzt nicht schwanger sein. Ich wollte erst mein Studium beenden.

»Was ist los? Du sagst gar nichts.« Während Law sich bereits darauf vorbereitet hat, erwischt mich das Ergebnis aus der Kalten. Ich hätte schwören können, dass ich nicht schwanger bin.

Bestimmt dreht er mich zu sich um und sieht die Tränen in meinen Augen. Recht schnell versteht er, dass ich nicht vor Freude weine.

»Hey, wein jetzt nicht. Es ist kein Untergang. Mach den zweiten Test. Dieser hier ist sicher falsch.«

Ich schüttele den Kopf. »Der ist sicher nicht falsch. Wenn dieses Schwangerschaftshormonzeug nicht in meinem Körper wäre –«.

»Du meinst Beta-HCG«, korrigiert er mich und lächelt überlegen.

»Verdammt, du weißt mehr über meinen Körper als ich. Zumindest wenn das nicht in meinem Körper ausgeschüttet werden würde, würde … es … es das nicht anzeigen. Oder? Es ist doch so?« Warum sagt er nichts? Irgendeinen dummen Spruch, dass die Pharmaindustrie sich bei jedem hundertsten Test einen Spaß erlaubt oder etwas in der Art. »Wie soll ich das hinbekommen? Ich studiere noch und ich brauche den Kopf für die Uni.«

Das ist gerade der ungünstigste Moment überhaupt. Ich kann jetzt nicht Mutter werden, mich auf die

Geburt vorbereiten, monatlich beim Frauenarzt auf der Matte stehen und Babyzimmer einrichten.

»Du könntest ein Semester aussetzen? Niemand hetzt dich, Jade. Bleib locker, wir kriegen das hin«, will er mich beruhigen. Und wie soll ich mit einem Baby weiterstudieren? Das wird nicht leicht werden. Wenn ich länger pausiere, bin ich komplett aus dem Stoff raus. Oder aber ich schlage mich mit schlaflosen Nächten herum und kann mich tagsüber auf keine Vorlesung konzentrieren.

»Nein, kommt nicht infrage«, antworte ich sofort. »Ich habe gerade sieben Stunden an einem beknackten Kapitel gesessen. Ich gebe die Abschlussarbeit ab und mache die letzten Prüfungen. Egal, was kommt«, schniefe ich und wische die Tränen aus den Wimpern.

»Mir gefällt deine Entschlossenheit. Zuerst machst du den zweiten Test.«

KAPITEL 6
Jade

ANFANG JANUAR
5. WOCHE

Der zweite und auch der dritte Test waren ebenfalls positiv, was sonst? Gegen Lawrence' trainierte Killerspermien hatte meine Eizelle keine Chance.

Daher hocken wir jetzt zwischen Babybildern und Verhütungsprospekten im Wartezimmer meines Frauenarztes.

Nein, es ist eigentlich *Laws* Frauenarzt. Sein Arzt des Vertrauens, zu dem er mich das erste Mal schleppen musste, um überprüfen zu lassen, dass ich noch Jungfrau bin. An dieses Erlebnis will ich nicht wieder erinnert werden. Trotzdem kommt jede Erinnerung an damals hoch. Ich mochte den Arzt und bin weiter in seiner Behandlung geblieben.

Lawrence fühlt sich wie bei seinem letzten Besuch wieder merklich fehl am Platz, aber mustert die hochschwangeren Frauen, die ganze Medizinbälle vor sich herschieben.

Ach du Scheiße. So wird es mir in sieben Monaten ergehen.

Ich werde rund wie ein Pottwal sein, ein aufgedunsenes Gesicht bekommen, gewaltig zunehmen, Pickel bekommen, keine drei Schritte mehr gehen können, ohne nach Luft zu japsen. *Das …* Als ich mit jeder Minute, die wir bereits warten müssen, weitere dieser Frauen sehe, schnürt sich mein Brustkorb zu.

Ganz ehrlich. Ich will noch nicht Mutter werden. Mit Law irgendwann Kinder haben, ja. Aber nicht jetzt. Irgendwann ist nicht jetzt!

Angespannt starre ich auf die hochschwangere Frau, die ein kleines Mädchen an der Hand hält und es zum Ausgang führt. Ich bin jung, will noch was erleben, Partys machen, hemmungslosen Sex mit meinem Gott an tausend verschiedenen Orten dieser Welt haben. Ich will reisen, riskante Sportarten ausprobieren und so viel mehr. Das ist jetzt alles vorbei.

»Atmen, Flocke«, raunt mir Law ins Ohr. Er hat sein Gesicht zu meinem gedreht, während ich starr der Frau hinterherschaue und meine Umgebung komplett ausblende.

»Ich kann das nicht.« Und ehe mich Law aufhalten kann, springe ich vom Stuhl zwischen den anderen wartenden Patienten auf und steuere auf den Ausgang zu. Ich brauche einen Moment, da mich meine Gedanken erdrücken und ich keine Luft mehr bekomme.

Mit schnellen Schritten stürme ich aus der Praxis, die sich im fünften Stockwerk eines modernen Gebäudes befindet, und eile auf den Fahrstuhl zu. Ohne Jacke. Und das in der zweiten arschkalten Januarwoche. Ich will einfach bloß an die frische Luft. Ich will nur diese lästigen Gedanken loswerden.

Wie wild hämmere ich auf den Knopf des Fahrstuhls ein, damit er sich bewegt.

»Hey, Madame, nicht so schnell.« Aus den Augenwinkeln sehe ich, dass mir Lawrence in seinem weißen Hemd mit Schal und Anzughose hinterher joggt und rasend schnell zu mir aufholt. »Wo willst du hin?«

»Raus. Ich … brauche kurz einen Moment.«

»Verstehe ich. Ich hasse dieses Raumklima dort drinnen auch. Über die Wanddeko sollte sich Paul unbedingt Gedanken machen. Aber die Brüste sind immer noch fett.«

Ich senke den Blick, streiche fahrig Haarsträhnen aus meiner Stirn und keuche angespannt. »Law, lass die Witze. Sie helfen nicht. Ich will das alles nicht. Nicht jetzt.« In dem Moment öffnet sich der Fahrstuhl, den zwei Patientinnen verlassen. Schnell steige ich in den Lift ein, drücke die Taste E und will einfach nur dieses Gebäude verlassen. Genauso schnell verfolgt mich

Law, der meine Schultern zu fassen bekommt und mich gegen die Glasfront drückt.

»Hör mir jetzt zu, Jade. Einen Moment«, beginnt er ernst. In seinen wunderschönen graublauen Augen erkenne ich wieder diese Entschlossenheit und den Willen, dass uns nichts trennen oder zerstören kann. »Ich wollte es auch nicht. Nicht auf die Art. Es ist aber so. Wir gehen in Pauls Zimmer, er wird sich ansehen, wie es in dir aussieht, und dann gehen wir, okay? Mehr nicht.«

»Mehr nicht? Wir können das nicht aussitzen und einfach abwarten.«

»Du bist diejenige, die gerade vor dem Problem wegrennt«, antwortet er klipp und klar.

»Ich weiß. Aber … Ich werde sehr bald so aussehen wie die Frauen in dem Wartezimmer, Law. Nichts gegen eine Schwangerschaft. Aber ich kann noch nicht Mutter werden. Ich wollte es planen, ich wollte es selbst bestimmen.«

»Das ist dein Problem? Dass du keine gute Mutter wirst?«, hakt er nach. »Und ich dachte schon, es läge an dem prallen Bauch und dass ich dich nicht mehr zum Vernaschen schön finden könnte.«

Mit den Fingern wische ich über die Augen. Er versteht es einfach nicht. Auf mich würden verdammt viele Pflichten und eine immense Verantwortung zurollen. Ich fühle mich zu jung dafür und noch nicht bereit.

Andere bereiten sich monatelang auf eine Schwangerschaft vor.

»Rede mit mir, Flocke. Was ist es?« Der Lift stoppt, die Türen schieben sich auf. Als ein Ehepaar unseren Aufzug betreten will, versperrt ihnen Law mit dem Arm den Weg. »Sorry, der Lift ist besetzt. Paartherapie. Nutzen Sie den nächsten Lift dort drüben.« Law deutet auf den anderen gläsernen Aufzug, der sich noch in der sechsten Etage befindet.

Als die Türen zugehen, wir uns die mürrischen Gesichter der fremden Leute kassieren, fährt unser Lift in den zehnten Stock. »Was soll das, Law? Ich wollte raus.«

»Ich weiß, und dann rennst du weg, vergiss es. Ich weiß genau, wann dir dein sexy Arsch auf Grundeis geht und du vor den Problemen weglaufen willst. Dabei ist eine ungewollte Schwangerschaft kein Problem. Es ist vielmehr …« Langsam löst er seine warmen Hände von meinen Schultern. »Ein Kick. Eine Überraschung. Hey, ich liebe Überraschungen, das weißt du. Wir bekommen das hin. Ein Kind bekommen wir gemeinsam auf jeden Fall versaut. Deine Schönheit, mein Charme und dem Kerlchen werden später nahezu alle Frauenherzen zu Füßen liegen«, fährt er mit seiner Fantasterei fort.

»Wer sagt, dass es ein Junge wird?«, hake ich nach.

»Ich weiß es einfach. So wie ich wusste, dass meine Jungs den Jackpot abgeräumt haben, als sie die Zielgerade erreicht haben.« *Dieser Macho.*

Nun muss ich schmunzeln. »Es verändert gar nichts, meine Flocke«, sagt Law wieder ruhiger, umfasst mein Gesicht und hebt es an. »Du kannst weiterstudieren. Ich kann eine Auszeit nehmen, die ich ohnehin brauche, und mich um den Jonnyboy kümmern. Oder ziehst du in Erwägung, es abtreiben zu lassen?«

»Nein!«, sage ich sofort. »Nein, das ist keine Option. Das würde ich nicht wollen. Das wäre ihm gegenüber unfair; bloß weil ich zu dämlich war und die Pille vergessen habe, soll er oder sie nicht sterben. Ich will nur …« Ich schniefe und blinzele gegen die Tränen an. »Dass es später stattfindet. Nicht jetzt. Eben in ein paar Monaten oder Jahren. Ich will mich darauf vorbereiten können, weißt du?«

Immerfort bringe ich Tränen hervor, die er nicht gern sieht, aber die ich einfach nicht zurückdrängen kann. Er mag es nicht, wenn ich weine.

»Gab es irgendetwas in unserer Beziehung, nun Ehe, was geplant war?«

Ich kenne die Antwort. Daher schüttele ich den Kopf. »Nein. Gab es nicht wirklich, was es spannend gemacht hat.«

»Und jetzt erscheint die Fortsetzung. Jade und Law 2.0. Daher gehen wir beide ganz entspannt zu Paul, er checkt die Lage und dann verlassen wir relaxt das Gebäude. Was soll schon passieren? Danach spendiere ich dir sogar ein Eis.«

»Aber nur, da du jetzt weißt, weiter fröhlich gummifrei vögeln zu dürfen, weil der Hafen ohnehin besetzt ist«, antworte ich mit einem leisen Lachen und vergrabe mein Gesicht an seinem Schal, der herrlich nach ihm duftet.

»Das auch. Das wird der beste Dreier meines Lebens«, kann er sich seine Bemerkung nicht verkneifen, die mich die Augen begleitet von einem Lächeln verdrehen lässt.

»Ah, du hast so kranke Vorstellungen«, schniefe ich und schlinge meine Hand um seinen Nacken, bevor ich zu ihm mit verweinten Augen aufblicke.

»So bin ich eben. Und meine Gene werden weitergegeben, das ist mein Vermächtnis.« Amüsiert lacht er, streicht eine Haarsträhne hinter mein Ohr und grinst schief.

Ganz so locker wie er kann ich die Sache zwar noch nicht sehen, trotzdem bin ich ziemlich beruhigt, dass er es will. Er steht zu dem Kind und würde sogar sein Leben für es umkrempeln.

KAPITEL 7
Jade

Nachdem wir in der Praxis zurück sind, setzt Law alle Hebel in Bewegung, dass wir als Nächstes drankommen. Er will mich nicht länger den anderen werdenden Müttern aussetzen, was ich auf seine Art sehr süß finde.

Paul wird kreidebleich, als er Lawrence den Behandlungsraum nach mir betreten sieht.

»Was eine Ehre, Lawrence Chevalier ist hier? Hast du weitere Erpressungen in der Tasche oder wartet noch eine Frau in meiner Praxis, deren Jungfräulichkeit ich überprüfen soll?«

Ja, dieser Paul ist auch nicht auf den Mund gefallen.

»Bleib mal geschmeidig. Ich habe diese Jungfrau nicht nur entjungfert, sondern geheiratet, bevor sie vor die Hunde gegangen wäre.«

Ich schnaube leise. Paul schaut durch seine Gleitsichtbrille von Lawrence zu mir. Ich habe meinem Gynäkologen nichts davon erzählt. Dass ich in einer Partnerschaft lebe, ja. Aber nicht, dass ich den Käufer meiner Jungfräulichkeit geehelicht habe.

Wie sich das anhört. Verrückt irgendwie.

»Kann mich jemand schlagen?«, kommt es verblüfft über Pauls Lippen.

»Übernehme ich gern«, sagt Law salopp und beugt sich ihm entgegen. »Aber erst, wenn du meine Frau abgecheckt hast.« Kumpelhaft klopft er ihm auf die Schulter.

»Wo du nicht fehlen darfst natürlich? Läuft das in eurer Ehe immer so ab? Er ist überall dabei?«, erkundigt sich Paul bei mir.

»Nein«, antworte ich, umfasse Laws Hand und schüttele den Kopf. »Wir sind aus einem besonderen Anlass hier.«

»Tatsächlich. Ich ahne warum. Lawrence konnte seinen Freund nicht während einer ausschweifenden Party in der Hose behalten und hat …« Nein, nein, nein. Augenblicklich lässt Law meine Hand los. Er schnappt sich Pauls Ralph-Lauren-Shirt, zerrt ihn an sich und grinst bösartig.

»Pass auf, was du sagst. Ich heiße nicht Paul und bumse nicht fremd, klar? Jade ist die einzige Frau, mit der ich eine Menge Spaß im Bett habe. Mehr Spaß, als du dir überhaupt vorstellen kannst. So viel Spaß, dass sie vergessen hat, die Pille zu nehmen.«

Paul schiebt Law mit einem zweifelhaften Blick von sich. »Kein Grund, handgreiflich zu werden, mein Guter. Du scheinst gut auszuteilen, aber nicht einstecken zu können. Jetzt hast du sie geschwängert und ich soll sie untersuchen?«

»Ja«, antworte ich und schiebe Law von meinem Arzt, den wir noch brauchen. »Wenn Lawrence sich nicht bremsen kann, muss er im Nebenraum warten.«

»Hallo?«, wirft Law ein. »Er kann sich ja wohl nicht bremsen mit seinen unangebrachten Bemerkungen. Ich bleibe bei der ersten Untersuchung. Etwas anderes steht überhaupt nicht im Raum, klar?«

Paul nickt verbissen. »Dann wollen wir sehen, was du angerichtet hast.«

»Hast du es gehört?«, fragt Law mich und deutet mit einem angefressenen Blick auf meinen Gynäkologen. »Er provoziert mich. Wenn du nicht im selben Scheißgolfverein wärst und ich nicht jeden vierten Dienstag in der kommenden Saison deine Visage ertragen müsste, hätte ich dir bereits beide Hände gebrochen.«

Gerade frage mich, wer in diesem Raum alles über dreißig Jahre alt ist. Ich eindeutig nicht. Paul ist Mitte vierzig, Law neununddreißig, und gerade komme ich mir vor, als wäre ich die einzige Erwachsene. »Law, komm schon. Nimm dich etwas zurück.«

»Nur etwas«, murrt er mir zuliebe. »Leg schon los, Paul.«

Paul verschränkt die Arme vor dem Kittel und schnaubt leise. »Das nächste Mal erscheinst du nicht mehr in meiner Praxis, haben wir uns verstanden!«

In dem Moment, als Law wieder Kontra geben will, gehe ich dazwischen. »Er wird dabei sein, wenn ich schwanger bin. Könnt ihr beide den Streit einen Moment vergessen? Es geht hier um mich und das Kind.«

Beide tauschen Blicke aus, bevor Law sich auf den Stuhl vor Pauls Schreibtisch fallen lässt, einen vergoldeten Apfel von der Tischplatte schnappt und ihn betrachtet. Paul sieht aus, als würde ihm dieser komische Apfel sehr viel bedeuten. Denn plötzlich macht er Anstalten, dass Law ihn wieder zurücklegen soll. »Für gewöhnlich warten die Ehemänner draußen, bis die Frau …«

»Bin ich gewöhnlich?«, kontert Law selbstgefällig grinsend. Ich schüttele den Kopf, verschwinde in der Kabine und bete, dass sich beide in der Zeit, während ich mich untenrum freimache, nicht an die Gurgel gehen.

»Wie laufen die Geschäfte?«, höre ich Paul meinen Mann fragen, um die Zeit zu überbrücken. Endlich wechseln sie das Thema. Dass beide früher befreundet waren, ist kaum zu glauben.

»Gut. Wie viele Muschis siehst du eigentlich am Tag?«

»Fertig!«, sage ich und verlasse in einem rekordverdächtigen Tempo die Kabine, so schnell wie vermutlich kein einziges Mal bei einem Frauenarztbesuch zuvor.

»Gut, dann nimm Platz, Jade. Wie geht es dir?«, beginnt er mit seinen aufmerksamen Fragen, um mich wie bei jedem Besuch zu beruhigen. Law will etwas sagen, woraufhin ich ein Zeichen mit der Hand mache, damit er den Mund hält und keinen Rauswurf riskiert.

»Gut, nervös und irgendwie … ängstlich.«

»Verständlich.« Paul dreht sein Gesicht mit einem selbstzufriedenen Grinsen über die Schulter zu Law. »Wir schauen es uns ganz in Ruhe an. Seit wann, weißt du, bist du schwanger?« Auf dem Gynstuhl nehme ich Platz, erzähle ihm jedes Detail und auch davon, drei Tests gemacht zu haben.

Im Anschluss beginnt er, einen Ultraschallstab mit einem Latexüberzug in mich einzuführen. Wieder will Law etwas sagen, woraufhin ich den Kopf schüttele. Eine Weile blicke ich in seine Augen, damit er meiner stummen Aufforderung folgt und keine Scherze macht. Nicht jetzt. Nicht über den Dildostab oder den Hygieneschutz oder Pauls Blicke auf meiner Pussy.

Eher verkrampft schaue ich in Pauls Gesicht, der meine Gebärmutter untersucht, auf den Monitor schaut und ziemlich konzentriert wirkt. Etwas kann ich auch erkennen. Etwas Kleines, Rundes, an dem eine weitere Kugel hängt.

»Das ist der Kopf«, sagt Paul, um mir jedes Detail zu erklären. Warum sieht er so komisch auf das Display? Ist der Fötus krank? »Und das der Rumpf.« Law erhebt sich vom Stuhl, der an meine freie Seite tritt, ohne eine Bemerkung zu machen. Er folgt den Bildern auf dem Monitor. »Und wie man bereits sehen kann, schlägt ein Herz. Genau dort.« Er deutet auf das aufgeregte Pulsieren inmitten des Rumpfes. *Ach du Scheiße, es lebt bereits. Mit Herz und Kopf und Körper.*

»Wie groß ist es?«, will ich wissen, verfolge weiterhin die Monitoraufzeichnungen und kann hin und wieder diese kleinen Knubbel erkennen.

»Nicht sehr groß. Erst 2-4 Millimeter.« Ich kann Pauls Lächeln zuerst nicht deuten, bis er den Stab vorsichtig in mir bewegt.

»Zwei Millimeter«, antworte ich leise. Das ist wahnsinnig winzig.

»Und was ist das dort für ein Zellhaufen?«, fragt Lawrence, der neben dem Rumpf auf etwas anderes Rundes, fast identisch Großes über mich hinweg deutet.

Pauls Mundwinkel zucken, bevor er zufrieden nickt, dann breit lächelt. »Das dort ist sein Zwilling. So wie es aussieht, erwartet ihr Zwillinge.« Als Paul diese Worte ausspricht, kommt es mir vor, als würde das Wort *Zwillinge* verzerrt und mit Monsterstimme in meinen Verstand vordringen. Als würde ich mich bei der versteckten Kamera befinden.

»Das sagst du jetzt, um mir eines reinzuwürgen, oder?« Lawrence schnaubt verärgert, bis er Paul einen lockeren Stoß auf die Schulter gibt. Mürrisch dreht er sein Gesicht zu Lawrence, während der Ultraschallstab noch in mir ist.

»Nein, das sage ich als Arzt, Lawrence. Jade hatte zwei Eisprünge, wie es aussieht. Ich lege mich noch nicht hundertprozentig fest«, er macht mehrere Bilder von dem Ultraschall, während er mit uns spricht. »Aber so wie es aussieht, befinden sich die Embryos in getrennten Embyrohüllen. Ab der achten Woche kann ich mehr sagen.« Jetzt misst er die Länge des Rumpfes beider Embryos aus.

Ich kann nur zur Decke starren, bringe kein Wort hervor und hoffe darauf, dass sich ein Abgrund unter mir auftut und der Gynstuhl zusammen mit mir im Boden versinkt.

Zwillinge.

»Ich würde sagen, ich habe nicht nur die leistungsstärksten Spermien, sondern du eine Powerproduktion an Eizellen«, sagt Lawrence, der mir einen Löffel mit Himbeerparfait entgegenhält.

»Zwillinge, Law. Ist dir klar, was das bedeutet?«, frage ich ihn, lasse mich von ihm füttern und bewundere seine Gelassenheit.

»Klar, doppelter Spaß. Doppeltes Glück. Beide sind nicht allein und wir produzieren doppelt so viele Babys am Stück als Dorian und Jane. Die werden umfallen, wenn sie das hören. Somit sind sie aus dem Rennen und wir haben beide überholt. Die Geburt ist praktisch ein Aufwasch.«

Ich verstehe ja den Witz an der ganzen Sache, trotzdem fühle ich mich gerade wie einer dieser Kaugummis, die unter dem Tisch plattgedrückt wurden.

Ein Baby wäre schon zu viel gewesen. Jetzt sind es zwei. Wobei die Anzahl gerade nicht so wichtig ist. Oder doch. Aber … Das wäre jetzt Serienmord, wenn ich beide abtreiben würde. Ich sollte mich in der nächsten Zeit in Ruhe hinsetzen und mir verdeutlichen, dass das alles kein Traum, sondern absolut real ist.

Während wir beide auf der Couch sitzen, Lawrence mich mit Himbeerparfait füttert und wir einen Film schauen, blicke ich die Ultraschallaufnahmen an, die Paul gemacht hat.

»Das ist alles so … unwirklich, Law.«

»Es ist wirklich. Du solltest dir etwas mehr Zeit geben. Du hast dich längst dafür entschieden, auch wenn du im Kopf noch gegen die Vorstellung ankämpfst. Das ist in Ordnung. Von mir wirst du jede Unterstützung erhalten. Wir können später Nannys anstellen. Wir können weiterhin machen, was wir wollen. Dass wir Eltern werden, ändert nicht, wer wir sind, klar?

Ich kenne so krassgeile Eltern, denen du niemals zutrauen würdest, dass sie Kinder unbeschadet großziehen können. Sie haben trotzdem Spaß, verreisen, gehen in Clubs, genießen das Leben. Hier oben muss die Botschaft ankommen«, er tippt gegen meine Stirn, »dass wir das A gemeinsam durchstehen und B es nichts zwischen uns oder an uns ändert. Glaub mir, ich bin nicht scharf darauf, dass du Speck ansetzt und nur noch mit ungewaschenen Haaren am Herd stehst.«

Leise knurrend schnappe ich seine Hand von meiner Stirn und beiße sie. »Du hast recht. Du siehst das viel lockerer als ich. Was ich überhaupt nicht von dir erwartet hätte.«

»Ich hab gelernt, dass gewisse Dinge einfach kommen – und das meistens unverhofft. Du bist Teil davon, und ich liebe dieses Unverhoffte, ansonsten läge ich irgendwo am Strand von Malibu mit einer Leberzirrhose und drei Weibern, die sich auf Koks verballert in einem Blowjob versuchen. Halb so spaßig, wie mit dir zwei kleine Braten großzuziehen, findest du nicht?«

Das Leuchten in seinen Augen spricht für sich. Erst recht dieses breite glückliche Grinsen, das zwischen seinem etwas länger gewordenen Bart verschmilzt.

»Ja, wenn, dann nur mit dir.« Ich rücke näher an ihn, schlinge auf dem Couchpolster meine Beine um seine Hüfte und lege meine Hand auf seine Wange. Besitzergreifend umfasst er meinen Po und zieht mich noch näher an sich, bis sich seine Lippen meinen nähern und er mich küsst. »Fuck, Flocke, das wird der Spaß unseres Lebens. Tief im Inneren wollte ich schon immer Kinder«, vertraut er mir an. Jetzt? Als wir früher das Thema knapp angerissen haben, hieß es immer: Kinder nerven, können aber cool sein. In den vergangenen Wochen hat er sich mehr mit der Thematik beschäftigt als ich. Ich habe weitere zwei Prüfungen geschrieben, auf deren Ergebnisse ich noch ungeduldig warte.

Mit meiner Abschlussarbeit komme ich nicht wirklich voran, aber soll in einem Monat weitere vier Kapitel einreichen. Ganz ehrlich, mich überrollt alles, und ich habe keine Ahnung, worauf ich mich zuerst konzentrieren soll.

Sanft erwidere ich den Kuss, der ziemlich schnell stürmischer wird. Law stellt das Parfait auf den Glastisch, bevor er den Reißverschluss meiner schwarzen Sweatjacke öffnet und sie mir von den Schultern schiebt.

»Willst du, was ich denke, was du willst?«

»Ständig, was für eine Frage?«, raunt er vor meinen Lippen, zieht mir die Jacke aus und schiebt mein Top höher. »Solange noch Platz ist, jede freie Sekunde.«

»Wird anstrengend, mein Tiger.«

»Ich schwitze gern«, kontert er, löst sich von meinen Lippen und zieht mir das Top aus. Ich mache es ihm nach, greife nach seinem dunklen Pullover und ziehe ihn über seinen Kopf.

Der Film läuft im Hintergrund weiter. Es ist kein Porno, sondern eine Folge *King of Queens*. Ich öffne sein Haar, gleite mit den Fingern durch seine Mähne und lecke über seine Schulter. Wie immer schmeckt er frisch mit einer geheimen Note Leder und Wildheit. An seinem Hals lasse ich ihn meine Zähne spüren und ihn meine Gier nach ihm wissen.

Als ich seine Jogginghose herunterziehen will, zieht er mich auf sich. Da ich keinen BH getragen habe, hebt er meine Brüste zu seinem Gesicht und saugt an meiner rechten Brustwarze. So gut.

»Bald werden beide noch praller werden. Ich kann es kaum erwarten, obwohl sie bereits jetzt mega sind.« Er umfasst meine Brüste, knetet sie in seinen großen Händen, saugt und knabbert an ihnen. Ich taste nach seinem Schwanz unter seiner Jogginghose, gleite unter den Bund und bekomme seinen erigierten, großen Phallus zu fassen. Immer fester massiere ich ihn, so wie er es braucht.

Ich stöhne auf, als er in meine Brustwarze beißt und eine Hand über meinen Rücken streicht, um meine Jogginghose wie auch meinen Slip über meinen Po zu schieben.

»Setz dich mit deinem geilen Arsch auf mein Gesicht«, höre ich ihn und weiß, dass er meine Pussy lecken will, während ich seinen Schwanz blasen soll. Ich mache, was er sagt, drehe mich auf ihm und höre ihn genüsslich knurren, bevor Finger meine Schamlippen auseinanderdrängen und eine Zunge langsam und rau durch meine Spalte leckt. »So geil.«

Ich lächele, greife nach seinem Schwanz, den ich mit der Zungenspitze befeuchte, um ihn anschließend in den Mund zu nehmen. Stück für Stück umschließe ich seine Härte mit meinen Lippen, massiere seine Hoden und spüre seinen feuchten Atem in meiner Pussy. Obwohl ich schwanger bin, scheint ihn die Vorstellung nicht zu stören, mich zu lecken und zu vögeln.

Mal abwarten, wie es in Zukunft wird, wenn ich einen Kanister vorm Bauch herumtrage.

Immer schneller blase ich seinen Schwanz, genieße sein Knurren, sein himmlisches Stöhnen und kann nicht genug von ihm bekommen. Doch ehe ich ihn zum Orgasmus bringe, zuckt meine Klit, über die er mit dem Bart reibt, und seine Zunge dringt in mich ein. *Gott!*

Er ist so verdammt gut und kann mich meistens innerhalb weniger Minuten zum Höhepunkt bringen. Trotzdem lege ich mich ins Zeug, verstärke mit den Lippen den Druck um seinen schön geformten Schwanz, auf dem sich die Adern abzeichnen, und blase ihn härter, tiefer und lasse ihn in meinen Rachen stoßen. Doch ich bin nicht schneller als er. Denn schon nach zwei Minuten, obwohl ich den Höhepunkt zurückhalten will, komme ich mit einem Stöhnen und seinem Schwanz in meinem Mund.

»Weiterblasen nicht vergessen.« Ich nicke mit seiner Härte, worüber er lacht und meine Perle mit dem Finger weiter reibt.

Aber egal, wie sehr ich mich auf den Blowjob konzentriere, ich kann ihn nicht in dem Tempo fortsetzen, während ich stöhne, mein Körper bebt, mir unendlich heiß ist und seine Zunge und seine Finger mich in den Wahnsinn treiben.

Ein tiefes Keuchen verlässt meine Lippen, als ich laut komme und meine Pussy hart kontrahiert. »Ich liebe diese Versautheit an dir. Und besonders deinen prallen Arsch.«

Und ehe ich eingreifen kann, beißt er in meine Pobacke, was mich schreien lässt, und fickt mich mit den Fingern weiter.

»Okay, okay, okay … Auszeit.«

Wie meinen Haltegriff in der U-Bahn umfasse ich seinen Schwanz, lehne meine Stirn auf seinen Oberschenkel und keuche zwischen geöffneten Lippen.

»Wie Auszeit? Das war erst das Vorspiel, mein Flöckchen. Gehen wir über zum Hauptakt.« Ehe ich nach Atem ringen oder ihn kratzen kann, weil er meine Widerspenstigkeit liebt, richtet er sich unter mir auf und hält mein Becken fest, sodass ich weiterhin auf allen vieren auf der breiten Couchfläche knie.

Als er seine Schwanzspitze vor meiner Pussyöffnung ansetzt und natürlich den Anblick genießt, nutze ich die Chance und krabbele von ihm weg.

»Nicht so schnell, Law. Du bekommst nicht immer, was du willst.«

Ein wildes Knurren ist zu hören, als er begreift, dass ich ihm entwischt bin. »Du kommst eh nicht weit, kleines Biest.« Rasch erhebe ich mich von dem Polster und reiße auf meinen Plüschsocken vor ihm aus.

Im Laufen zerre ich eher umständlich meine Jogginghose hoch, die mir in den Kniekehlen hängt, worüber Law laut lacht. In der Küche umrunde ich eilig den Tresen, keuche und blinzle ihm siegessicher entgegen.

»Ich bin sehr weit gekommen.« Ich kichere. »Du scheinst aus der Übung zu sein, mein Sexgott.«

»Na warte. Wenn ich dich ficke, wirst du nicht mehr so herumwitzeln.«

»Bist du sicher, dass bis dahin nicht deine Potenz nachlässt?«, scherze ich, hebe anzüglich die linke Braue und nicke zu seinem Phallus, der allmählich an Standfestigkeit verliert.

»Willst du es wieder und wieder herausfinden? Sehr gerne, kleine Wildkatze.« Und mit einem lockeren Satz hebt er sich geübt auf den Küchentresen, legt einen Move hin wie im Fernsehen und hat den Tresen mit Leichtigkeit überwunden, ehe ich die Flucht ergreifen konnte.

»Nein, das ist unfair!«

»Hab dich! Na, wo willst du jetzt hin? Du entkommst meinem Schwanz nicht.«

An der Hüfte bekommt er mich zu fassen, als ich weglaufen will, dreht mich wendig zu sich und setzt mich auf den Tresen. Ich liebe diese Spielchen mit ihm und er ganz besonders. Daher trete ich nach seinem Schienbein und boxe gegen seine massive durchtrainierte Brust.

»Du fickst mich nicht!«

»Und ob ich das tue.« Im nächsten Moment zerrt er meine Jogginghose hinunter, drängt sich mit der Hüfte zwischen meine Beine und massiert mit einer Hand seinen Schwanz. Ich greife zur Tresenkante hinter mir, um mich wegzuziehen, was nicht klappt. Ihn wegtreten, geht auch nicht. »Jetzt bist du fällig, Flocke.«

Und ehe ich fliehen kann, umfasst er meine Hüfte und schiebt mit der anderen Hand seine Härte in meine Pussy.

»Scheiße, nein!«

»Scheiße, doch.« Kaum ist er in mir – und er ist dieses Mal wirklich vorsichtiger –, umfasst er meine Hüfte, schaut von meinen Brüsten hoch zu meinem Gesicht und nimmt mich mit langsamen, tiefen Stößen. »Du sagst, wenn was ist.«

Sollte ich es ausnutzen, um erneut zu fliehen? »Immer, das weißt du. Obwohl du mich noch mal …«, keuche ich und umfasse die Kante hinter meinem Kopf. »… flüchten lassen …«

»No way. Zu spät, du bist jetzt fällig und es fühlt sich wie immer unglaublich geil an.«

Als ich in sein Gesicht blicke, sehe ich seinen Hunger nach mir und die reine Gier, während er mich dehnt, komplett ausfüllt und immer schneller fickt. Kurz hebt er die rechte Hand zu seinem Mund, befeuchtet seine Finger und reibt anschließend meine Klit, während er mich weiter vögelt. Unter jedem Stoß lasse ich mich fallen, wehre mich nicht mehr, sondern genieße es. Genieße seine Präsenz, seine Kraft und seinen Schwanz in mir.

Nach nur wenigen Minuten komme ich erneut zweimal, bis ich nicht mehr kann, schwitze und mein Körper zittert. Er treibt mich jedes Mal so gern an meine Grenzen, ist verdammt ausdauernd und erlöst mich erst, wenn er meint, dass er mir alles gegeben hat.

Er würde mich nie rücksichtslos vögeln, ohne dass ich auf meine Kosten komme. Es sei denn, es ist abgesprochen.

Mit wenigen harten Stößen ergießt er sich ebenfalls schwitzend und kehlig knurrend in mir. »Das war der Hammer.«

Er schließt die Augen mit einem angespannten Gesicht, das er Richtung Decke hebt. Dabei sehe ich seinen Hals, den ausgeprägten Adamsapfel und seine dunklen Bartschatten, die sich vom Hals gepflegt über sein Kinn ziehen.

»Das war es … Kannst du mir hochhelfen?«

»Nein«, antwortet er mit einem verwegenen Grinsen. »Ich hab noch nicht entschieden, ob wir in wenigen Minuten an dieser Stelle weitermachen.«

»Du Schuft! Wehe, es ist kurz nach Mitternacht. Ich muss morgen pünktlich zur Uni …«

»Hättest du ein nerviges, schnödes Leben, wenn es mich nicht gäbe, was?« Nun senkt er sein Gesicht von der Decke, schaut diabolisch lächelnd zu mir und reicht mir seine linke Hand. Genau den Arm, auf dem sich die wunderschönen Maorimuster seiner Tätowierung abzeichnen. »Los, komm schon.«

Vor ihm sitzend, schlinge ich die Arme um seinen Hals. Sein Schwanz ist immer noch in mir, wobei ich weiß, dass ich schleunigst ins Bad sollte. Mit einem müden Lächeln schaue ich zu ihm auf, greife in sein Haar und ziehe sein Gesicht zu meinem herab. Die Stirn an seine gelehnt, blicke ich tief in seine Augen. »Ohne dich wäre meine Welt um einiges blasser, kälter und chaotischer.«

Seine Mundwinkel zucken. »Deswegen bin ich da, um sie mit mehr Sinn zu füllen.« Spöttisch hebt er seine Brauen in die Stirn, greift in meinen Nacken und küsst mich. »Es wird Zeit, Honeymoon. Bringen wir deinen hübschen Hintern ins Bett.«

KAPITEL 8

Lawrence

ANFANG MÄRZ

13. WOCHE

Während Jade neben mir schläft, male ich zwei Herzen auf ihren Bauch. Zwei Herzen mit einem Penis, da ich fest entschlossen bin, dass wir zwei gottgleiche Tigerbabys bekommen werden. Obwohl, so ein kleines Prinzesschen ist sicher auch niedlich. Das könnte ich schön verziehen und über die bösen Jungs aufklären. Wahrscheinlich würde ich sie, bis sie achtzehn wird, vor Jungs abschotten. Sicher ist sicher. Ich weiß ganz genau, welche perfiden, durchtriebenen, lüsternen Gedanken Jungs haben können. Wer sollte es nicht besser wissen als ich? Daher sollte ich auf Nummer sicher gehen.

Also male ich bei dem einen Herz einen kleinen Schniedel und bei dem anderen eine kleine Krone über das Herz. Jade pennt, als gäbe es kein Morgen mehr. Sie ist in der dreizehnten Schwangerschaftswoche, könnte mehr futtern als ich, wenn ich nicht aufpasse, und kotzt dementsprechend auch mehr als ich.

Ich hoffe, die Brechphase nimmt bald ein Ende, weil ich jedes Mal ein scheißschlechtes Gewissen habe, wenn ich aus dem Bad die Würge- und Hustgeräusche höre.

Ihr Körper verändert sich, das ist kaum zu übersehen. Und ihre hübschen Möpse sind bereits um ein Drittel größer geworden. Sie nennt sich jetzt selbst Pornoqueen, aber für mich ist sie die schärfste Frau der Welt. Meine Queen. Meine Flocke. Meine Göttin.

Schon etwas erkennt man eine Wölbung ihrer Bauchdecke, die ich nun mit Fingermalfarbe dekoriere.

»Was machst du wieder, Law?«, murmelt sie im Halbschlaf, hebt den Unterarm über die Augen und gähnt hinter vorgehaltener Hand.

»Ich gebe ihnen Gesichter«, erkläre ich amüsiert lachend.

»Wem?«

»Unseren zwei Überraschungseiern.«

Augenblicklich hebt sie den Arm vom Gesicht. Sie sieht nach gestern Nacht herrlich durchgevögelt aus. Als sie den Kopf in ihrem knappen Pyjama hebt, zieht sie mit einem verschlafenen Blick beide schmalen Augenbrauen in die Stirn. »Was ist das da?«

»Ein kleiner Penis, sieht man doch.« Ich bin vielleicht kein brillanter Künstler wie mein jüngerer Bruder, trotzdem ist doch eindeutig, was ich gemalt habe.

»Aha. Du denkst also immer noch, es werden Jungs?«

Was für eine Frage.

»Keine Ahnung. Egal, was kommt, ich will mich überraschen lassen. Die anderen können nerven, wie sie wollen. Am besten, wir lassen sie Wetten abschließen, was denkst du?«

Jade lässt tief stöhnend den Kopf in die Kissen sinken. »Okay, ich tippe auf Junge und Mädchen.«

»Ich auf zwei Jungs. Das wird cool. Obwohl ich nichts gegen ein kleines Flöckchen hätte.« Zwei wären auch lustig. Allerdings können zwei zickige Mädchen sicher anstrengend werden.

»Deal. Ich wette um zehn Euro. Mehr springt bei meinem Nebenjob als studentische Hilfskraft nicht raus.« Was meckert sie jetzt rum? Ich habe ihr öfter ein nettes Taschengeld angeboten, damit sie nicht mehr jobben muss. Sie möchte es, daher muss sie jetzt nicht rumwimmern. Bald ist der Blödsinn ohnehin vorbei und sie wird sich wohl oder übel von mir aushalten lassen müssen. Sie direkt nach der Geburt irgendwo arbeiten zu lassen, kann sie knicken. In ihrem Kopf ist immer noch nicht hundertprozentig angekommen, dass man in einer Ehe Beträge teilt, auf ein Konto einzahlt und gleichermaßen ausgibt. Sie hat höllische Panik, sich von mir abhängig zu machen, und will nicht als das kleine Frauchen dastehen, das sich aushalten lässt. Jeder, der Jade kennt, weiß, dass sie das komplette Gegenteil ist.

Aber wem erzähle ich das …

»Okay, ich wette um drei Diamanten.«

»Penner. Musst du immer prollen?«, kontert sie lachend.

»Musst du den beknackten Job weitermachen?«, antworte ich, da mir nicht gefällt, dass sie neben dem Büffeln auch noch Kohle anschaffen geht. Das muss sie nicht, das weiß sie. Aber ihr Stolz lässt es nicht zu, sich für die letzten Wochen von mir aushalten zu lassen.

»Law, komm schon«, murrt sie und vergräbt ihr Gesicht noch verschlafen unter einem Kissen.

»Bin so gut wie in dir, mein Schatz«, erwidere ich grinsend, schiebe mich auf sie und stütze mich neben ihren Schultern ab.

Als ich das Kissen von ihrem Gesicht nehmen will, drückt sie es in meines. »Wah! Das war nicht so gemeint.«

Augenblicklich schiebe ich das Kissen von meinem Gesicht, bevor ich es mit Schwung aus dem Bett pfeffere. »Wie sonst?« Sie verdreht ihre grünblauen funkelnden Augen, die so wunderschön sind, dass ich sie ständig vor mir sehe, wenn wir getrennt sind.

»Ich geb den Job nicht auf. Nicht vor dem Mutterschutz.«

»Du bist putzig, weißt du das? Aber wenn du das unbedingt willst, dir für vierhundert Euro zweimal die Woche den Hintern am Schreibtisch platt sitzen, dann okay.«

Sie schluckt geräuschvoll, bis sie ihre Hände auf meine Schultern legt und den Kopf niedlich unter mir neigt. »Ich möchte es aber.«

»Schon okay. Aber wenn die beiden Loverboys auf der Welt sind, musst du sie nicht allein durchbringen«, erkläre ich ihr.

»Keine Sorge, ich hab mich bereits ausführlich damit beschäftigt, was ein Mann deiner Klasse blechen muss, wenn er eine wie mich schwängert.«

»Wirklich?« Fragend senke ich die Brauen, schnaube belustigt und schnippe gegen ihre kleine Nase. »Solange es nicht teurer wird als der Kauf deiner Jungfräulichkeit, ist alles im Lot«, scherze ich. Sofort schenkt sie mir einen giftigen Blick.

»Glaub mir, über die Jahre wird es wesentlich teurer. Ich bin, wenn du es so siehst, ein Luxusobjekt.«

Wie recht sie hat. Das ist sie. Meine ganz besondere Wertanlage, die mir am meisten Freude bereitet. »Ein Luxusobjekt, das sich selbst unterhält. Eigentlich sehr praktisch. Jede Anlage kostet mehr im Unterhalt als du«, necke ich sie, küsse ihre Stirn und rolle mich von ihr. »Ich werd mich auch fertig machen. Für 9 Uhr steht ein Termin an. Du solltest deinen *noch* knackigen

Hintern auch aus dem Bett bewegen, Madam. Du wolltest um 8.30 Uhr an der Uni sein.«

»Was?«, fragt sie perplex. »Wie spät ist es?«

»7.35 Uhr.«

»Scheiße, scheiße, scheiße! Warum weckst du mich erst jetzt?« Die Frage kann sie sich selbst beantworten. Eben weil ich nicht will, dass sie Papiere sortiert, vorm Kopierer steht und Kaffee kochen muss. Sie ist mehr wert als der Müll. Sie ist meine Frau. Ist doch logisch, dass ich das nicht unterstütze und sie nicht wecke, wenn ich Bilder auf ihren sexy Bauch malen kann.

»Das Fluchen solltest du dir schleunigst abgewöhnen, sobald die beiden da sind, mein Honigbärchen.« Im nächsten Moment erhebe ich mich aus dem Königsbett, strecke mich vor der breiten Fensterfront über Paris und kraule meinen Nacken. Mir gefällt der Anblick über Paris. Trotzdem wird mir der Anblick vom neuen Objekt ebenfalls gefallen. Davon werde ich Jade auch bald überzeugen. Gerade braucht sie ihren Kopf für die Uni und die Zwillinge.

Als ich nach der Besichtigung gegen 15 Uhr im Appartement eintreffe und eigentlich zum *ZigZag* fahren wollte, um die Lage zu checken, höre ich ein Wimmern aus dem Schlafzimmer.

Außerdem dringen leise Wortfetzen an meine Ohren. Jade und ihre Selbstgespräche. Ich denke jedes Mal, ein Stecher ist bei ihr. Obwohl ich ihr blind vertraue.

Leise lege ich die Tasche auf dem Küchentresen ab, werde meine polierten Lederschuhe los und suche das Schlafzimmer auf. Leider spricht sie kein Wort mehr, als ich in ihrer Hörweite bin.

»Hallo, mein Flöckchen, wie war dein Tag?«, begrüße ich sie. Schniefend zieht sie sich um, wirft einen Pullover in meine Richtung, den ich auffange.

»Ganz okay. Stressig, aber okay.«

»Okay sieht irgendwie anders aus.«

In BH und Jeans dreht sie sich mit einem aufgesetzten Lächeln zu mir um. »Die Hormone. Es ist eigentlich nichts Schlimmes vorgefallen. Ich habe einfach nur diese Momente, in denen ich weinen muss.«

Warum nur glaube ich ihr nicht? Sie tapst näher zu mir, schlingt wie üblich ihre Arme um meinen Hals, hebt sich auf die Zehenspitzen und schenkt mir einen Willkommensgruß. Meistens endet der Kuss in Sex. Heute sieht es nicht so aus, als würde eine Runde Sex sie ablenken.

»Du weißt, dass du mit mir reden kannst. Wenn du heulst, hat das immer einen Grund.« Länger forsche ich in ihren tränengefüllten Augen. Mir gefällt es nicht, sie so zu sehen. Sie ist eigentlich nicht nah am

Wasser gebaut. Sie weint höchstens, wenn sie verzweifelt ist, kaum gepennt hat, unter Druck gesetzt wird oder Schmerzen hat.

»Ich bin schwanger, das ist Grund genug. Glaub mir.« Rasch weicht sie meinem Blick aus.

»Ist etwas mit den beiden?« Alarmiert blicke ich auf ihren Unterbauch. »Hast du Schmerzen?«

»Non, mon Cœur. Wirklich nicht. Den beiden geht es prima. Morgen ist die nächste Untersuchung.«

»Auf die ich mich schon freue. Ich habe bereits eine Warteliste erstellt. Gideon, Dorian, Maron und Jane wollen die beiden unbedingt demnächst sehen. Mein Vater und Nadine wissen noch nichts von der Schwangerschaft, was meiner Meinung nach sehr lange Zeit so bleiben kann. Stell dir vor, wir besuchen sie in acht Monaten zu viert. Mein Vater wird sich sofort erhängen.«

»Er wird sich freuen.«

»Das will ich sehen«, antworte ich, streichele über ihren Kopf.

»Ric freut sich, aber ihm reicht es, wenn er die beiden auf den Ultraschallbildern sieht. Gäel will beide sehen, wenn sie größer sind. Meine Eltern wollen am liebsten morgen schon dabei sein.«

»Dann setze ich sie auf die Liste. Keiner außer unserer Familie erfährt davon, bis du mit der Abschlussarbeit durch bist. Willst du das weiterhin?«

Sie nickt eifrig. »Will ich. Ray und Elyna werden ganz bestimmt sauer sein. Aber … wir sagen es unseren Freunden nach den ersten fünf oder sechs Monaten.«

Ist mir recht, somit muss ich mich nicht mit Vaters Anmerkungen herumplagen. Solange wir die ersten vierzehn Wochen noch nicht erreicht haben, wird keiner unserer Angehörigen Pauls Bude einrennen. Sie sollen warten, weil ich Jade ansehe, dass sie sich mit jedem Tag mehr mit dem Gedanken, Mutter zu werden, arrangiert. Wenn jetzt andere Menschen dazwischenquatschen, werden bloß wieder ihre Zweifel geschürt. Sie ist perfekt, so wie sie ist. Denn niemand ist zur perfekten Mutter geboren worden.

Trotzdem lässt mich der Gedanke nicht los, dass sie geweint hat. Entweder sind es die Hormone oder aber es steckt etwas anderes dahinter. Nur was verdammt? Ich werde es herausfinden.

Wenn nicht ich, wer sonst?

KAPITEL 9
Jade

Als ich die Ordner im Büro neu sortiert und alphabetisch ins Regal zurückgestellt habe, setze ich mich an den Schreibtisch und schaue auf die Uhr. Noch eine Stunde, bis die Schicht vorbei ist.

Da ich bisher keine weiteren Aufgaben zu erledigen habe, prüfe ich die Buchbestellungen der Bibliothek. Die zwei Bände, die wirklich wichtig für meine Masterarbeit sind, wurden immer noch nicht abgegeben.

Das darf nicht wahr sein! Jetzt sind über acht Wochen vergangen und der Penner rückt sie nicht raus!

Prof Durand unterhält sich im Nebenzimmer mit einem anderen Seminarleiter, während ich meine letzten Kapitel überarbeite. Alles ist allmählich für die Katz. Jedes Mal hat mein Professor etwas an meiner Arbeit zu kritisieren.

Ich weiß ja, dass ich mir Mühe geben soll, dass ich alles gewissenhaft und korrekt angeben und ausarbeiten muss, nur komme ich einfach nicht weiter.

Und Law ständig vorzujammern, wie mies es mir dabei geht, will ich nicht. Ich will, dass er stolz auf mich ist. Er weiß, dass ich allein auf den Beinen stehen will, ich selbst laufen kann und nicht sofort herumheule, sobald mich ein klitzekleines Problem überrollt. Dass er mich vor knapp vier Wochen weinend im Schlafzimmer gesehen hat, war übel genug. Seitdem bohrt er jeden Tag und will wissen, ob alles okay ist.

Es ist alles okay. Ist es wirklich. Irgendwie.

Es wäre gelogen, wenn gerade alles perfekt laufen würde. Hallo? Ich erwarte zwei Babys und stecke noch mitten in der Prüfungsphase. Das Studium ist stressig genug. Jetzt muss ich bereits das Kinderzimmer planen, womit ich wahrscheinlich erst drei Tage vor der Geburt anfange, und mich mit Dingen wie Entbindung, Geburtsvorbereitungskursen und Stillen beschäftige. Denn jeder glaubt, mir schon jetzt Tipps geben zu müssen.

Meine Mutter meint es lieb mit mir, aber mir am Kaffeetisch neben Ric und Gaël zu erklären, wie man am besten ein Baby an die Brust anlegt, fand ich nicht so berauschend.

Während Gaël nicht mehr aus dem Lachen herausgekommen ist, mein Vater lieber Fußball schauen ging, sah ich mich mit einem ernsten Problem konfrontiert, wie ich zur Hölle zwei Babys gleichzeitig stillen soll. Und das musste mit meinen Brüdern bis ins Detail besprochen werden.

Seufzend drehe ich den Bleistift zwischen den Fingern. Ich sollte mich auf meine Arbeit konzentrieren und nicht bereits aufs Stillen. Das kann noch sieben Monate warten. Nach jedem Absatz, an dem eine Fußnote fehlt, notiere ich mir die Fachliteratur auf einem Notizzettel.

Jedoch komme ich nicht weit, als plötzlich die Tür aufgeht und Professor Durand eilig an meinem kleinen Schreibtisch vorbeigeht und auf die Ordner zuhält. »Hier ist alles durcheinander.«

»Ganz im Gegenteil«, erkläre ich ihm, lege den Bleistift zur Seite und erhebe mich hinter meinem Schreibtisch in einem Wollkleid, Wildlederstiefeln und Strumpfhosen. »Welchen Ordner suchen Sie?«

Etwas fahrig geht Prof Durand die Ordnerbeschreibungen durch, bis er einen aus dem Fach holt. »Kein Problem, ich hab ihn schon. In zehn Minuten bin ich bei Ihnen.« *Wirklich?*

Ich nicke bloß, lasse mich wieder auf den Stuhl plumpsen und hätte ein Danke erwartet, da ich das Chaos hier beseitigt habe. Im Gegensatz zu meinem Chaos im Kopf.

Plötzlich vibriert mein Smartphone in der Handtasche. Als ich es hervorhole, lese ich eine Nachricht von

Lawrence. Darunter erscheinen zwei Fotos. *Dieser Fiessack!*

Während ich hier hocke, ist er mit Dorian bei einem Hockeyspiel gewesen, hat sich fett frittierte Tintenfischringe reingezogen und macht die Shoppingmall unsicher. Denn er befindet sich in der Hugo-Boss-Abteilung und hält breit grinsend einen Strampler in Form eines Anzugs in die Kamera. Dorian hält ein Prinzessinnenkleid daneben und schielt zu Laws Strampler.

Die Wetten haben heute begonnen, Goldflöckchen. Dorian tippt auf Mädchen & Junge. Sein Einsatz sind fünfhundert Euro, Babe.

Im Anschluss leitet er ein Foto an mich weiter, auf dem Maron und Gideon ebenfalls in einer Mall zu sehen sind. Vermutlich New York und zwei Mädchenkronen aufgesetzt haben. Wobei Marons Krönchen eher Katzenohren besitzt.

Die beiden wetten auf Mädchen Mädchen.

Kurz schlägt mein Herz schneller. Einfach, weil er mich in die Realität zurückholt und ich immer noch versuche, die Tatsache zu verdrängen. Ich weiß, es ist keine gute Taktik. Aber ich brauche meinen Kopf gerade für andere Dinge als diese Albereien. Nachdem er mir Bilder von einem Homopärchen schickt, das auch auf zwei Mädchen tippt, und von seiner Exfreundin Isabel, die auf zwei Jungen wettet, schalte ich das Handy aus.

Ich verstehe ja Lawrence' Freude und Spaß an der Sache, aber wir wollten es noch geheim halten. Ich bin erst im dritten Monat schwanger, noch nicht im fünften oder sechsten.

Mein Atem geht flach, meine Hände fühlen sich schwitzig an, bis ich tief durchatme und mich wieder auf meine Abschlussarbeit konzentriere.

Prof Durand erscheint nicht wie angekündigt nach zehn Minuten, sondern fünf Minuten vor Arbeitsschluss. Gerade als ich meine Bücher einpacke, den Laptop ausschalte, tritt er durch die Tür mit einem konzentrierten Blick.

»Entschuldigen Sie die Verspätung. Ich wollte kurz mit Ihnen sprechen.«

»Klar, kein Problem.« *Obwohl Lawrence unten bereits warten wird.*

»Setzen Sie sich doch einen Moment und zeigen mir, wie weit Sie vorangekommen sind.«

Muss das wirklich jetzt sein?

Ohne zu auffällig zu schnaufen, nehme ich wieder am Tisch Platz, klappe den Mac auf und öffne die Datei.

»Ich bin wirklich weit vorangekommen.«

»Was ist mit den fehlenden Aufsätzen?«, erkundigt er sich, umrundet den Schreibtisch und steht hinter mir, um mein Inhaltsverzeichnis zu prüfen. Dabei greift er um mich herum. »Darf ich?« Fragend blickt er auf die Maus.

Das wird jetzt ziemlich persönlich.

Doch ehe ich antworten kann, schnappt er die Maus und geht die Unterpunkte durch, während mir sein stechend bitteres Parfüm unter der Nase hängt und mich hypnotisiert. Es gibt Menschen, deren Duft einen magisch anzieht – wie der von Law natürlich. Und es gibt Menschen, ganz besonders einige Männer, die ich überhaupt nicht gern rieche. Dabei muss ich mit keinem anderen Mann nach Law rumgemacht haben, um das zu wissen. Yannik roch auch ganz gut, aber Valentins Körpergeruch war jedes Mal nur mit einem Kaugummi im Mund zu ertragen. Valentin war der erste Junge, mit dem ich mit sechzehn rumgeknutscht habe.

»Ich warte immer noch auf die Rückgabe der beiden Bücher«, überbrücke ich die beklemmende Situation, damit mein Prof von mir abrückt. »Bisher hat derjenige die Frist längst überschritten und wurde von der Bibliothek angeschrieben. Aber er meldet sich nicht.«

»Ärgerlich. Ich verstehe, dass Sie deswegen nicht vorankommen wie geplant.«

»Gibt es keine andere Alternative?«, frage ich ihn. Vielleicht muss ich die beiden Aufsätze nicht ausleihen und in die Arbeit einbinden.

»Ich besitze die beiden Bücher, die ich Ihnen unter diesen Umständen zur Verfügung stellen kann. Ich werde sie morgen mitbringen.« *Das verrät er mir erst jetzt? Wirklich toll.*

Plötzlich höre ich ihn tief einatmen. Weiterhin starre ich von seiner unerwarteten Nähe erdrückt auf den Bildschirm des Laptops und überlege gerade fieberhaft, wie ich der Situation entkommen kann.

»Das wäre sehr nett, aber ist sicher nicht nötig.« Geräuschvoll höre ich ihn aus- und einatmen, fühle etwas nah an meinem Haar. *Riecht er gerade an meinem Pferdeschwanz oder bilde ich mir das ein?*

»Sie möchten also weiterhin warten?« Seine Stimme senkt sich. Er wirkt auf einmal angespannt, was ich an seinen Fingern sehen kann. Er umfasst die Maus nicht mehr locker, sondern wie ein Wurfgeschoss.

»Nein, das nicht. Aber ich möchte nicht bevorzugt werden. Andere Studentinnen bekommen sicher nicht diese – äh – Gelegenheit.«

»Andere Studenten arbeiten auch nicht für mich«, bringt er mit einem aufgesetzten knappen Lachen über die Lippen und erhebt sich hinter mir. Immer noch kommt es mir vor, als könnte ich seinen Atem auf meinem Nacken spüren. Ein Schauder, den ich kaum unterdrücken kann, jagt meinen Rücken hinab. »Ich weiß Ihre Arbeit wirklich zu schätzen, Madame Chevalier. Ich bringe die Aufsätze morgen mit.«

»Okay, in Ordnung.« Ich würde jetzt zu allem Ja sagen, um endlich das Büro zu verlassen. Es sind sicher mehr als zehn Minuten vergangen. In meiner Handtasche sehe ich den Bildschirm meines Handys permanent aufleuchten. Law ruft bestimmt an und will vermutlich sichergehen, dass ich mit seinem Nachwuchs in keinen geöffneten Gullydeckel gefallen bin.

»Dann bis morgen. Ich habe Sie viel zu lange aufgehalten. Vielen Dank und schönen Abend.« Und schon verlässt Durand das Zimmer, in dem ich mit seiner Präsenz im Raum nicht mehr frei atmen konnte. Langsam lasse ich die angestaute Luft raus. *Was war das gerade eben? Ein Annäherungsversuch? Bloße Einbildung? Eine Überreaktion meines Körpers?*

Vielleicht überbewerte ich die ganze Sache, die gerade vorgefallen ist, auch bloß. Ganz bestimmt. Er hat sicher keine Absichten gehegt und sich nichts dabei gedacht, als er mir seinen Atem in den Nacken gepustet hat.

Aber das sage ich mir nun schon zum gefühlt zehnten Mal, seit so was Ähnliches passiert ist.

Verdammt. Was mache ich jetzt?

Während wir zusammen im Lokal sitzen, kaue ich angespannt auf den Fingernägeln. Lawrence' Hand liegt fast die gesamte Zeit auf meinem rechten Bein, während er sich angeregt mit Maron und Gideon unterhält. Beide sind für die morgige Ultraschalluntersuchung extra nach Paris geflogen.

Da ihr Trip mit dem Schiff in drei Wochen beginnt und sie über zwei Monate auf Reisen sind, wollten sie es sich nicht nehmen lassen, beim Ultraschall dabei zu sein.

Nach der Geburt sollte ich mir einen anderen Frauenarzt suchen, wenn ich bei jeder Untersuchung unsere Familien mitschleppe. Paul glaubt sicher, wir ticken nicht mehr rund.

»Ich garantiere dir, ihr werdet bereits in einer Woche wieder in Marseille sein«, wirft Law ein, der an seinem Guinness nippt, während ich meinen Tee anstarre. »Das Einzige, was ihr auf offener See machen werdet, ist herumvögeln, bis die Küstenwache kommt.«

»Das hört sich fast an, als wärst du eifersüchtig, Law?«, hakt Gideon nach, der verwegen grinst. »Ihr hättet uns begleiten können.« Nun wandert sein Blick zu mir. Doch eine Sekunde, so kommt es mir vor, runzelt Gideon die Stirn, als mich seine flussgrünen Augen länger beobachten.

»Lass mal. Für eure perversen Spielchen ist Jade gerade aus dem Rennen.« Nachdenklich blicke ich zu

Law. Eigentlich würde er am liebsten zusagen, das weiß ich. Er macht es nur nicht, weil er weiß, dass ich mit dem Studium festhänge.

»Glaub mir, jeder ist aus dem Rennen, nachdem er mehrere Tage am Stück mit dir überlebt hat«, neckt ihn Maron, tritt Law unter dem Tisch, sodass beide wieder anfangen, sich verbal in die Haare zu kriegen. »Ich muss es ja wissen.«

»Alles okay?«, fragt mich Gideon leise und beugt sein Gesicht zu mir herab.

»Klar«, antworte ich sofort mit einem freundlichen Lächeln. »Wir wissen beide, wie gern Law mit euch reisen würde.«

»Und du denkst, er wird auf etwas verzichten, weil du nicht wegkannst?« Seien wir ehrlich, es ist so.

Ich nicke. »Ihr könnt auch zu dritt reisen.«

»Ich hab mich wohl verhört«, wirft Law ein, der nun seinen Arm um mich schlingt. »Ich amüsiere mich nicht, während du büffelst.«

»Aber ich will dir auch nicht den Spaß nehmen. Ich komme die paar Wochen klar. Schließlich bin ich keine zwölf mehr.«

»Dafür vierundzwanzig«, kontert Lawrence lehrmeisterhaft, sodass ich die Augen verdrehe.

»Nein, im Ernst. Wenn du eine oder zwei Wochen mit Maron und Gideon verreisen willst, kannst du das machen.« In meinem Blick kann er ablesen, dass ich es absolut ernst meine. Ich vertraue ihm. Er hat ohnehin zurzeit nur die Familienplanung im Kopf, und ich hätte Zeit, mich auf die Arbeit zu konzentrieren.

»Wir setzen ihn auch auf keiner Insel aus, falls er sich nicht benimmt«, sagt Maron, bevor sie schmunzelt und einen Schluck von ihrem Gin Tonic nimmt. »Es könnte allerdings sein, dass er aufs Rettungsboot umquartieren muss, wenn er weiterhin die große Klappe hat.«

»Ach, sicher, davon träumst du nachts, Kätzchen, oder? Du wärst doch die Erste, die mich befreien würde und Mitleid hätte«, provoziert er sie, worauf sie eingeht.

»Mitleid mit dir?« Belustigt lacht sie. »Ich würde vielleicht dafür sorgen, dass du nicht von den Haien gefressen wirst, aber dir sicher kein warmes Plätzchen im Bett freihalten.«

O Mann, das ist die perfekte Steilvorlage für Law.

»Du würdest mir etwas ganz anderes freihalten, wenn Gideon nicht dabei ist.«

Gideon und ich tauschen Blicke aus, wie wir es öfter machen, wenn Maron und Law so richtig in Fahrt kommen. Und hin und wieder ertappe ich mich dabei, wie ich über ihre Anspielungen lächeln muss, auch wenn ich mich heute irgendwie seltsam aufgewühlt fühle.

Als wir gegen 23 Uhr im Appartement eintreffen, werde ich – k. o. für heute – im Flur die hohen Stiefel los, schleppe mich gähnend in die Küche und brauche ein Glas Milch. »War doch ein netter, unterhaltsamer Abend, oder nicht?«

»Hm, ja. Ich bin für heute erledigt.«

»Wie erledigt?« Unvermittelt steht er neben dem Kühlschrank, als ich die Tür schließe, und lehnt sich mit dem rechten Arm an.

»Ich bin … keine Ahnung … müde, fertig für heute und will einfach nur schlafen. Morgen wird anstrengend genug, wenn Paul wieder die Babys stalkt und vier Erwachsene dabei zusehen.«

»Ach, komm schon, Flocke. Du willst doch auch, dass Maron und Gideon dabei sind?« Er macht einen Schritt auf mich zu. Dabei sehe ich, dass er diesen fragenden Blick aufsetzt. Als er meine Hüfte umfasst, lege ich eine Hand auf seine Brust und male mit dem Zeigefinger Linien über sein T-Shirt.

»Schon, klar. Letzten Monat waren meine Eltern dabei … aber … irgendwie kommt es mir vor, als würden wir es überstürzen. Diese Momente sollten uns gehören. Mir kommt es vor, als würden wir den anderen etwas beweisen und uns zur Schau stellen.«

Schlagartig verdunkelt sich sein Blick, er hebt mich an der Hüfte hoch und setzt mich auf den Tresen, damit wir auf derselben Augenhöhe sind. »Dir ist das alles zu viel?«

Ich nicke bloß. Mir ist alles momentan zu viel. Innerlich bete ich, dass ich nicht wieder weine. Ich will nicht weinen, ich habe nicht einmal einen Grund, trotzdem fühlt es sich in meiner Brust an, als würde ein Tornado toben. Dieses Gefühl geht einfach nicht weg und herrscht seit Tagen.

»Okay, das hättest du mir früher sagen sollen. Ich sag den beiden ab. Die verstehen das. Am besten, ich mache es gleich.« Gefangen auf der Tischplatte, lässt er mir keine Chance, ihm zu entwischen. Ich mag diese Art an ihm, da ich ansonsten bereits im Schlafzimmer verschwunden wäre und mich unter der Decke verkrochen hätte. Als er sein Handy aus der Lederjacke zieht und die Kontakte durchgeht, greife ich nach seinem Handgelenk. »Nein, lass sie morgen dabei sein. Danach gehen wir es ruhiger an, in Ordnung?«

»Bist du sicher? Es ist kein –«.

»Bin ich mir. Ich bin mir sicher.« An seinen Schultern ziehe ich mich näher an ihn und will einfach seine Nähe spüren, seinen Herzschlag hören und alles um mich herum vergessen.

»Willst du schlafen gehen?«, höre ich seine tiefe Stimme an meinem Ohr, das auf seiner Brust ruht. Erneut nicke ich.

»Ja«, hauche ich. Sanft hebt er mich vom Tresen, geht zum Kühlschrank und holt die Milchpackung heraus, die er mir reicht. Anschließend trägt er mich, als wäre ich ein Klammeräffchen, ins Schlafzimmer. Wie fast jede Nacht stellt er die Milch neben das Bett, weil ich manchmal nachts aufwache und absoluten Durst auf Milch habe. Verrückt, aber es ist so.

Nachdem er mir beim Ausziehen behilflich ist, reicht er mir meinen Pyjama und wird anschließend seine Kleidung los. Nach einem Abstecher ins Bad legt er sich zu mir ins Bett.

»Du verschweigst mir nichts, oder?«, durchbricht er irgendwann die Stille. Den Kopf an seine Brust gebettet, durchkämmt er mein Haar und öffnet den Pferdeschwanz.

»Wie kommst du darauf?«

»Halt mich nicht für blöd. Ich seh dir an, dass etwas nicht stimmt. Selbst Gideon hat es gecheckt. Ich weiß ja, dass du deine Momente für dich brauchst, aber du sagst, wenn etwas nicht stimmt?«

Ich weiß selbst nicht einmal, was nicht stimmt. »Ich sage es dir. Aber gerade ist alles in meinem Kopf ziemlich durcheinander.«

»Gott sei Dank nur in deinem Kopf«, scherzt er, woraufhin ich leise zische und ihn etwas meine Fingernägel in seiner Flanke spüren lasse.

»Du überprüfst fast jeden Tag, ob untenherum alles in *bester* Ordnung ist.«

Er weiß genau, worauf ich anspreche. »Soll ich jetzt auch noch mal nachsehen?«

Es ist eigentlich längst Zeit, zu schlafen, dennoch kenne ich seinen Gedanken. Seine rechte Hand verliert sich auf meinen Po, den er umfasst. Ich gleite mit den Fingern tiefer über seinen muskulösen Bauch zum Rand der Shorts. »Nur kurz und langsam.«

»Weichei. Wir sollten die Chance nutzen, bevor kein Platz mehr ist«, bietet er an und umfasst meinen Po fester.

»Mit dem Motto wachst du seit Wochen jeden Morgen auf, was?«, kontere ich und beiße in seine Brust.

»Werd nicht gleich bissig. Ich denke eben vorausschauend.«

»Du denkst nur an Sex, und das stündlich, mein Freund«, scherze ich.

»Minutlich«, raunt er in mein Ohr, umfasst meine Hand, die vor seinen Shorts ruht, und schiebt sie zu seinem halb erigierten Schwanz. »Du bekommst *dein* langsam. Kurz kann ich nicht garantieren«, lässt er mich wissen, knabbert an meinem Ohr und weckt sofort ein Kribbeln in meinem Bauch. Ich erhebe mich, werde das Pyjamaoberteil los und lege mich auf den Rücken. »Dann zeig mal, wie langsam du zur Sache gehen kannst, Mister Sexgott.«

»Mach dich ruhig lustig über meine Anteilnahme.«

»An der du mit schuld bist«, antworte ich kichernd und male bei dem »schuld« Gänsefüßchen in die Luft.

Innerhalb weniger Sekunden ist er über mir, grinst verboten heiß und legt seine Hand um meinen Kiefer. Sinnlich reibt er mit seinem Daumen über meine

Unterlippe und forscht in meinen Augen. »Ich weiß, dass dein Leben gerade etwas aus dem Konzept gebracht wurde. Aber du bewältigst das locker«, will er mich ermutigen.

»Bald ist das Studium vorbei. Dann wird alles etwas ruhiger werden und ich kann mich voll und ganz auf unsere beiden Tigerbabys freuen«, antworte ich ihm. Zärtlich küsst er mich, kratzt mit seinem Bart über meine Lippen, gleitet mit den Fingern unter meinen Slip und spürt, wie sehr ich ihn will. Als er meinen Hals küsst, den Stoff zur Seite geschoben hat, dringt er gefühlvoll in mich ein. Sosehr ich die hemmungslosen und verwegenen Sexmomente genieße, so sehr liebe ich dieses Gefühl, von ihm *berührt* zu werden. Und zwar bis tief in meine Seele.

Ein Keuchen verlässt meine Lippen, das er mit seinem Kuss zum Verstummen bringt. Seine Zunge umkreist sinnlich meine, zieht mich in den Bann, während sein männlich intensiver Duft meine Gedanken und Sorgen beruhigt. Mit langsamen Stößen nimmt er mich und muss sich zurückhalten, um nicht doch schneller zu werden. Wie er sich in mir bewegt und mich gefangen hält, verleiht mir das Gefühl, dass nur ich ihm so nah sein kann.

Mit den Nägeln kratze ich über seinen Rücken, kralle eine Hand in seinen festen Hintern und bewege meine Hüfte zu seinen intensiven Stößen.

»Ich liebe dich, Flocke. Ich liebe uns.«

Ein Lächeln umspielt meine Lippen, bevor ich mich eng an ihn presse und mein Gesicht in seinem Haar vergrabe. Genau in dem Moment, als er komplett in mir ist. »Nichts macht mich glücklicher, als dir zu gehören«, flüstere ich in sein Haar. »Jetzt darfst du dich schneller bewegen«, gebe ich ihm den Startschuss, auf den er ab und zu wartet. Ohne eine spitze Bemerkung zu machen, richtet er sich geschmeidig über mir auf, legt meine Beine zusammengepresst zur Seite und hebt mein Becken an, um mich von der Seite zu nehmen. Dabei kniet er zwischen meinen angewinkelten Knien und fixiert mich mit seinen Händen.

Mit jedem Stoß wird mir heißer. Seine rechte Hand hält meine Hüfte, die andere meinen Oberschenkel. Nach einigen für ihn immer noch langsamen Stößen dreht er mich auf den Bauch und ist direkt über mir.

»Scheiße, ich geb zu, ich hab jedes Mal Angst, etwas kaputt zu machen«, höre ich ihn über mir.

»Machst du nicht …«, keuche ich. »Mir geht es gut. Hör nicht auf.«

»Wie du willst.« Er greift in mein Haar, schiebt es zur Seite und beißt in mein Ohr, bevor er schneller in mich eindringt, aber nicht hart oder animalisch fickt.

Mit jeder zärtlichen Berührung, jedem Kuss lasse ich mich unter ihm fallen, liebe seine Nähe und lasse ihn kommen. Ich bin einfach viel zu müde, als dass ein Orgasmus den Tag herausreißen könnte oder es an einem Höhepunkt, der nicht passiert, scheitert.

Als er noch in mir ist, sinke ich in einen tiefen Schlaf. Irgendwann höre ich seine Stimme, fühle seine Wärme und lausche seinem vertrauten Atem an der Stirn.

KAPITEL 10
Jade

ENDE APRIL
20. WOCHE

»Ist der nicht bezaubernd?« Jane umrundet wie in ihrem Element den Ladentisch und schnappt sich einen gelben Body mit Bienchenmotiv. »Oder der hier. Der passt zu beiden, ganz egal, ob es eine kleine Prinzessin oder ein Prinz wird.«

Nun hält sie einen Strampler mit einem süßen Fuchs und Schwänzchen in die Höhe.

»Die sind alle wunderschön. Ich kann mich gar nicht entscheiden –«

»Musst du nicht, ich nehme beide mit.« Mit einem verliebten Lächeln schnappt sie sich beide Bodys, um zum Nachbartisch mit den passenden Mützen, Söckchen und Jäckchen zu huschen. Sie ist komplett im

Kaufrausch, erzählt mir, wie es früher mit Dion war, dass es zu Beginn nachts die Hölle mit ihm war, weil er kaum schlief, er ohne Ende sabberte und immer wieder ein Bäuerchen festhing. Ich höre ihr zu, schließlich weiß sie, wovon sie spricht. Doch mit den Gedanken bin ich ganz woanders.

Gerade als sie das passende Outfit für ein Neugeborenes zusammenstellt, dem ganz sicher die Farbe oder das Muster egal ist, klingelt mein Handy.

»Sekunde, ich muss da kurz rangehen«, entschuldige ich mich bei Jane. Sie macht ein Zeichen, dass ich ruhig telefonieren kann. Schon verlasse ich das Geschäft mit einem entschuldigenden Lächeln, um den Anruf meines Profs entgegenzunehmen.

»Bonjour, Prof Durand. Ich wollte Sie heute auch noch mal anrufen. Wie weit sind Sie bisher?«

»Haben Sie heute Zeit für die letzten Punkte? Ich habe die Aufsätze dabei«, antwortet er. Im Hintergrund sind Fahrgeräusche zu hören, als säße er in seinem Wagen.

»Ähm, sicher habe ich später noch Zeit. Allerdings erst ab 18 Uhr. Ich bin noch unterwegs.«

»Passt sehr gut. Vor 20 Uhr bin ich nicht zu Hause. Ich teile Ihnen meine Adresse mit. Sie können sich die Aufsätze dann abholen. À plus tard.«

Bum. Aufgelegt.

Was meinte er mit »vor 20 Uhr bin ich nicht zu Hause«?

Ich soll die Aufsätze bei ihm abholen? Verständlich. Er hat sicher nicht vor, nach 20 Uhr in seinem Büro auf mich zu warten.

Keine Minute später erscheint eine Nachricht mit seiner Wohnadresse.

Da ich seine Hilfe nicht ausschlagen möchte und die Aufsätze seiner Meinung nach unbedingt brauche, werde ich sie heute Abend abholen. Dann, ja, dann komme ich endlich voran und kann meine Abschlussarbeit hoffentlich in einem Monat abgeben.

Nachdem ich seine Adresse bei Googlemaps eingetippt habe, zeigt es mir den sechsten Arrondissement an. Das Viertel liegt etwas weiter weg von dem, in dem ich wohne, aber ich dürfte das Wohnhaus sicher problemlos finden.

Um Jane nicht länger warten zu lassen, tippe ich eilig eine Nachricht für Law ein, damit er heute Abend den Kinobesuch verschiebt. Wir können uns den Film morgen ansehen.

Kaum habe ich die Nachricht über WhatsApp verschickt, hat er sie bereits gelesen. Als Antwort erhalte ich ein Okay-Zeichen mit den Worten.

Trifft sich sehr gut. Bin auch
noch unterwegs. Soll ich dich
um 21 Uhr einkassieren?
Tu me manques.

Wie geht das Shoppen voran?

Schnell antworte ich ihm mit einer Sprachnachricht, dass das Shoppen Spaß macht und Jane fast den kompletten Laden leer kauft.

Nachdem Maron und Gideon nun auf Reisen sind, ist Jane viel bei mir. Mittlerweile bin ich im fünften Monat, und man kann mir bereits ansehen, dass ich schwanger bin. Um mich jedoch nicht den neugierigen Fragen meiner Kommilitonen auszusetzen oder mir wissbegierige Blicke zu kassieren, trage ich eher lässig lockere Kleidung, die meinen Bauch hervorragend kaschiert. Eine schicke Bomberjacke, einen leicht geöffneten Parka, einen lockeren Pullover. Solange ich die Schwangerschaft bis zum nächsten Monat geheim halten kann, ziehe ich es durch. Punkt.

Als unsere Shoppingtour zu Ende ist, verlassen wir die Mall, um in einem Café den erfolgreichen Tag ausklingen zu lassen. Und der Tag wird so richtig erfolgreich, wenn ich die Aufsätze besitze. Dann werde ich mich nächste Woche verschanzen, meine Arbeit überarbeiten, beenden und endlich abgeben. Und somit fällt mir die letzte wirklich massive Last von den Schultern. Alle Prüfungen sind schon geschrieben. Es fehlen bloß noch die Ergebnisse, vor denen ich wie immer höllische Angst habe. Da helfen Lawrence' Ablenkungsversuche in Form von Fußmassagen leider wenig.

Schlag 19.55 Uhr stehe ich vor dem Wohnhaus von Prof Durand. Er wohnt in einem typischen Altbau. Im Erdgeschoss befindet sich ein Café, darüber eine noble Pension. Und irgendwo in der fünften Etage dürfte mein Prof wohnen.

Auch wenn mich Jane mit dem Auto hinfahren wollte, habe ich die Metro genommen. Lawrence wird mich gegen 21 Uhr abholen und versprach mir, dass wir anschließend einen Abstecher in seinen Club machen würden, weil er mir eine Überraschung mitteilen will. Sicher hat er einen neuen Vibrator gekauft oder ein neues heißes Bunny-Outfit. Oder auch Schmuck. Er beschenkt mich sehr oft, was mich manchmal etwas überfordert.

Am bronzefarbenen Klingelschild angekommen strecke ich die rechte Hand aus und muss lächeln, als ich das Funkeln meines Eherings sehe. Der Ring ist das schönste Schmuckstück, das ich neben dem neuen Tattoo von Law trage. Vor einem Jahr kamen zu meinen Tattoozeilen die Worte »*Das Leben ist wie ein Buch. Jeden Tag blättert das Schicksal eine Seite um*« hinzu. Genau das trifft zu, seit ich Law kenne.

Als es Punkt 20 Uhr ist, klingele ich und verfolge aus den Augenwinkeln die Gäste hinter der Fensterscheibe des Cafés.

Es ist verdammt kalt. Der Himmel kündigt wieder Neuschnee an, der Wind eine eiskalte Nacht. Ich schlage den Kragen meines Schurwollmantels im Nacken höher und reibe meine Finger in den Handschuhen.

Es dauert eine Weile, bis Durand an die Sprechanlage geht. »Bonjour.«

»Hallo, hier ist Madame Chevalier.«

»Ich lass Sie rein. Nehmen Sie die Treppe, der Aufzug ist derzeit in Wartung.«

»Merci.« Als das Sirren der schweren Holztür erklingt, greife ich zur Türklinke und öffne die Tür. Hinter ihr finde ich ein typisch klassisches Wohngebäude im Stil des letzten Jahrhunderts vor. Alles sieht frisch renoviert aus. Spiegelglatter Mosaikboden, stuckbesetzte Decken, ein Lift mit Ornamentgitter und ein Treppenaufgang, der von Wandlampen beleuchtet wird.

Obwohl ich weiterhin Sport treibe, zweimal die Woche mit Law joggen gehe, merke ich mit jeder Woche mehr, wie meine Kondition nachlässt. Anfangs habe ich keinen Unterschied gemerkt, aber gerade als ich die Treppe in den fünften Stock hochsteige, komme ich doch leicht ins Keuchen. Law würde jetzt sicher einen dummen Spruch lassen wie: »Flöckchen, wir sind noch nicht mal beim Vorspiel, und du keuchst wie ein Opa.«

Vor der dunkelgrünen Wohnungstür mit der goldenen Ziffer 9 angekommen, atme ich tief durch und will erneut klingeln, bis sich die Tür unvermittelt öffnet.

Prof Durand steht im Türrahmen, und das ohne Jackett, sondern bloß in einem an den Ärmeln hochgerollten Hemd, faltenfreier Anzughose und Socken. *Ach du Schreck! Knallrote Socken.*

Aber ansonsten sieht er aus wie immer. *Professormäßig* eben.

»Schön, dass Sie pünktlich sind. Kommen Sie doch rein. Ich habe Tee gemacht«, lädt er mich in seine Wohnung ein.

»Ich möchte Sie wirklich nicht lange stören«, antworte ich mit einem skeptischen Lächeln auf den Lippen. »Oder lange aufhalten.«

Er runzelt die Stirn, schiebt seine Gleitsichtbrille auf dem Nasenrücken zurecht und schüttelt überrascht den Kopf. »Das tun Sie nicht. Im Gegenteil. Los, kommen Sie.«

Um nicht unhöflich zu wirken, betrete ich sein Appartement. Dunkelbraunes Parkett liegt im Flur ausgelegt, Kunstdrucke von Klimt und Chagall hängen an den hellen Wänden, die wie im Museum angestrahlt werden. Weiter vorn erkenne ich eine bequeme Couchecke.

»Kann ich Sie etwas Persönliches fragen?«, beginnt er das Gespräch, als er galant mit der Hand zum Sessel vor dem Glastisch deutet.

»Kommt ganz darauf an. Danke.« Langsam ziehe ich meinen Mantel aus, blicke mich im Wohnbereich um, sehe die alten Holzfenster, an denen Rollos halb heruntergelassen wurden. Zu meinen Füßen befindet sich ein Teppich mit orientalischem Muster.

»Entschuldigung, den kann ich Ihnen abnehmen.«

Prof Durand kommt auf mich zu, um mir meinen Mantel abzunehmen. »Danke.«

»Worauf kommt es an, Madame Chevalier? Mich beschäftigt seit einigen Wochen die Frage, ob …« *Ah, hat er doch gemerkt, dass ich schwanger bin?* »… Sie tatsächlich mit der Familie Chevalier verwandt sind. Sie wissen sicher, welche ich meine?«

Glück gehabt. Ich erwarte bei jedem, der mir begegnet, er könnte sofort wissen, dass ich schwanger bin. Und dann würden die typischen Fragen losgehen. Was wird es? In welcher Woche sind Sie? Wann ist die Geburt? Wie wird es heißen? Ist die Schwangerschaft anstrengend?

»Ich habe in die Familie eingeheiratet«, antworte ich, nachdem er meinen Mantel in den Flur zurückgebracht hat und wohl irgendwo dort aufhängt. Im Sessel lehne ich mich etwas zurück, um ihn im Auge zu behalten.

»Eingeheiratet? Und da studieren Sie noch?«, will er die Situation auflockern. *Soll ich zu Hause rumsitzen und mich zu Tode langweilen?*

»Sicher. Ich habe meine eigenen Ziele, die Lawrence unterstützt. Was spricht dagegen?«

Als er aus dem Flur zurückkehrt, steuert er einen anderen Raum an. Irgendwie macht er mich nervös mit seinen Wanderungen durch das Appartement.

»Ich denke, einige in Ihrer Situation würden anders handeln.«

»Ich bin nicht einige. Es passt so. Außerdem habe ich in wenigen Wochen das Studium abgeschlossen. Ich habe schon immer meinen eigenen Weg verfolgt«, erzähle ich weiter, da ich mir in dem Wohnzimmerraum irgendwie verloren vorkomme. »Und ich bin die Erste meiner Familie, die eine Uni besucht.«

»Wie haben Sie sich kennengelernt?« Unvermittelt erscheint Prof Durand im Zimmer und tritt durch die geöffnete Flügeltür mit einem Tablett in den Händen, auf dem zwei Tassen und eine dampfende Teekanne stehen.

Die Antwort will er sicher nicht hören – denke ich schmunzelnd. »Ist eine längere Geschichte. Ich möchte Sie wirklich nicht lange aufhalten. Können Sie mir nicht die Aufsätze zeigen?«

Denn in den vergangenen Wochen versprach er mir immer wieder, die Aufsätze mitzubringen, wenn ich an der Fakultät arbeite. Doch jedes Mal hat er die Kopien vergessen. Und zu meinem großen Pech wurden die Bücher immer noch nicht zurückgegeben, die ich so sehr brauche. Law wollte bereits jemanden anrufen, der sie für mich kaufen sollte.

»Nehmen wir uns doch kurz Zeit für eine Tasse Tee.«

Zweifelnd schaue ich dabei zu, wie er die Tassen auf dem Glastisch abstellt und dann heißes Wasser durch ein Teesieb gießt.

Was soll ich jetzt machen? Ihn unter Druck setzen will ich nicht. Nervös reibe ich über die Lippen, verschränke die Finger im Schoß ineinander und starre auf den dampfenden Tee. Bis der abkühlt, vergehen wieder zehn Minuten. Ich kann es nicht genau sagen, aber irgendwie verschafft mir die gesamte Atmosphäre ein mulmiges Gefühl.

»Warum haben Sie die Uni gewechselt?«, lenke ich das Thema auf ihn, damit er mich nicht länger über die Familie Chevalier löchert.

Direkt neben mir nimmt er auf der Couch Platz, greift nach der Tasse und schaut mir für meinen Geschmack zu lange in meine Augen. »Es wurde Zeit für eine Veränderung. Es war schon länger mein Wunsch, an einer Privatuniversität zu unterrichten. Paris ist eine wunderschöne Stadt mit so viel Kultur. Daher habe ich meine Chance genutzt, als mir die Stelle angeboten wurde, und mich kurz entschlossen für einen Wechsel entschieden.« Ein feines Lächeln umspielt seine schmalen Lippen. Irgendwie erinnert er mich manchmal an einen berechnenden Anwalt. Auf seinem Kinn zeichnet sich ein Grübchen ab, seine Nase hat einen leichten Höcker, seine Augen sind schmal, aber strahlen etwas Weises aus.

»Verstehe, warum nicht? Veränderungen können nie schaden.« *Das habe ich jetzt nicht wirklich gesagt?* Gerade ich, die im Moment über jede Veränderung innerlich herumjammert.

»Ganz genau. Trinken wir den Tee und ich hole im Anschluss die Aufsätze.«

Okay. Das bekomme ich hin. »Ich habe allerdings bloß bis 21 Uhr Zeit, bis ich von meinem Mann abgeholt werde.«

Ein Zucken ist an seinem Unterkiefer zu sehen. »Natürlich. Das ist überhaupt kein Problem.« Unvermittelt landet seine Hand auf meinem Knie, über das er flüchtig streichelt. So flüchtig, dass ich einen winzigen Augenblick glaube, es mir bloß eingebildet zu haben.

»Mir wäre es am liebsten, wenn Sie sich die Aufsätze bei mir ansehen würden. Ich verleihe meine Bücher nicht. Früher habe ich in dieser Beziehung schlechte Erfahrungen gesammelt«, erklärt er in einem geschmeidigen Tonfall, der mich perplex blinzeln lässt.

»Ich könnte die Aufsätze kopieren«, schlage ich vor, da ich nicht ständig bei ihm aufkreuzen will, um an meiner Arbeit zu schreiben.

»Nein, es wäre effektiver, Sie würden hier arbeiten. Ich könnte jeden Fortschritt verfolgen.«

Was soll dieser Vorschlag? Es ist vielleicht besser, wenn ich doch wieder gehe. Aber endlich stellt er die Tasse zurück auf den Tisch, während ich meine kein einziges Mal angerührt habe. Besser, ich werde es auch jetzt nicht tun.

»Ich werde sie holen. Warten Sie einen Moment.« Als er den Raum verlassen hat, atme ich mit geschlossenen Augen durch.

Das habe ich mir alles bloß eingebildet, oder?

Es ist nur eine nette Geste, oder etwa nicht? So, wie man jemandem flüchtig die Schulter tätschelt oder über den Arm streichelt. *Beruhige dich. Ich bin hier ohnehin gleich wieder weg.*

Eher unbeholfen nehme ich eine gerade Haltung auf dem Sessel ein, ziehe das dunkelblaue Strickkleid weiter über meine gemusterten Strumpfhosen und warte auf Prof Durand. Er braucht eine ganze Weile, bis er zurückkehrt.

»Sie haben Ihren Tee noch gar nicht angerührt«, stellt er fest, kaum dass er mit zwei Büchern in der Hand das Wohnzimmer betritt.

»Ich habe ihn bereits probiert«, lüge ich mit einem gespielt peinlich berührten Gesicht. »Es ist allerdings so, ich trinke nicht so gerne Tee.« Ich möchte einfach nur die Aufsätze, was ich ihm klarmache, als ich mich vom Sessel erhebe. Denn auf meiner Armbanduhr zeigt es bereits zehn vor neun an.

»Das hätten Sie sagen müssen.«

Die Distanz zu ihm haltend strecke ich dennoch meine Hand aus. »Dürfte ich mir die Aufsätze einen Moment ansehen?«

»Sicher doch, wenn Sie bereit sind, sie bei mir anzusehen und nicht mitzunehmen. Ansonsten müssen Sie weiterhin auf die Exemplare der Bibliothek warten und Ihre Arbeit schiebt sich weiter nach hinten.«

Ich sollte nicht zustimmen – genau das rät mir meine innere Stimme. Er reicht mir jedoch ein Buch. Vorsichtig, damit er nichts auszusetzen hat, schlage ich es auf, gehe das Inhaltsverzeichnis durch und suche den Aufsatz. In der Zwischenzeit ist er wieder zur Couch zurückgegangen.

Von den paar Seiten könnte ich mir locker Kopien machen oder sie mit dem Handy abfotografieren. Warum macht er solch ein Problem daraus?

»Was halten Sie davon, wenn –«.

»Ja?«, höre ich ihn unvermittelt direkt hinter mir. Verdammt nah. Plötzlich legt sich eine Hand auf meinen Po, die dort definitiv nicht hingehört.

»Was soll das?«, frage ich sofort.

»O Verzeihung, ich wollte Sie nur ein Stück zur Seite schieben, um Ihnen das zweite Buch zu reichen«, erklärt er, als wäre seine Berührung selbstverständlich gewesen. Mein Herz schlägt plötzlich viel zu schnell und ich bin wie erstarrt. Seine Finger haben sich einen Moment in meinen Po gegraben, das war nicht bloß ein Zur-Seite-Schieben. »Bitte schön.«

Nun taucht das andere Buch in meinem Sichtfeld auf, während er mir das andere eilig abnimmt. Als er es an sich nimmt, fällt mir eine Klebespur am Buchrücken auf. Ich schlucke hart, hole flach Luft, bevor ich das Inhaltsverzeichnis durchgehe und schaudere.

»Okay, sieht gut aus. Ich überlege es mir noch mal … also Ihr freundliches Angebot«, sage ich schließlich, drehe mich zu ihm und reiche ihm das zweite Buch. Ihn erneut fragen, ob ich Kopien machen kann, spare ich mir besser. Er will es nicht. So wie es aussieht, will er etwas vollkommen anderes.

»Habe ich Sie irgendwie in Verlegenheit gebracht?«

Allerdings!

»Schon gut. Ich sollte besser gehen. Danke für den Tee und Ihre Zeit.« Rasch halte ich auf den Sessel zu, gehe in die Hocke und hole meine Handtasche vom Teppich. Als ich aufstehe, umfasst er von hinten meine Hüfte und presst seine gegen meinen Po.

»Allmählich habe ich die Befürchtung, dass Sie Ihre Masterarbeit nicht ernst nehmen. Sie wissen hoffentlich, dass Ihr Abschluss von meiner Bewertung abhängt?«

Weiß ich allerdings. Und auch, dass er gerade versucht, seine Position auszunutzen.

»Es reicht wirklich«, antworte ich ihm. Mich ekelt seine Präsenz an, sein Geruch, seine Hände, die dort nicht hingehören. Geschickt winde ich mich aus seinen Händen und gehe an ihm vorbei Richtung Flur.

»Überlegen Sie es sich noch mal«, ruft er mir hinterher. Ein Blick über die Schulter verrät mir, dass er mir nicht folgt. Zum Glück. Zum Glück wiederholt sich nicht alles wie vor zwei Jahren mit dem Höchstbietenden, der mich im Hotel fast vergewaltigt hätte.

Warum treffe ich immer auf diese Irren!

Als ich im Flur meine Jacke suche, die ich nicht finde, gehe ich in einen Nebenraum, der schwach beleuchtet ist. Zuerst macht dieser Raum den Anschein einer Abstellkammer, bis ich darin um die Ecke eine Art Whiteboard sehe, an dem Bilder hängen. Bilder von Frauen. Und sogar welchen, die ich kenne. Wenn auch nur vom Sehen her.

Was zur Hölle ist das?

Ich bleibe wie angewurzelt stehen. Sehe sogar das Gesicht der Studentin, die vor Wochen das Büro des Profs mit Tränen in den Augen verlassen hat. Ich habe es mir damals doch nicht eingebildet. Non. Und ich scheine auch nicht zu träumen, als ich ein Foto von mir sehe. Ich bin draußen, auf einer Straße und … Scheiße! Ich weiß, dass Law direkt neben mir gelaufen ist, als dieses Foto gemacht wurde. Doch er wurde abgeschnitten. Nur sein rechter Jackenärmel ist von ihm zu erahnen.

Ich sollte verschwinden! Und zwar so schnell wie möglich. Durand ist ein kranker Stalker.

Rückwärtsgehend taumele ich gegen die Tür, dann sehe ich Durand mit einem verärgerten Blick um die Ecke kommen, der nach der Türklinke greift und die Tür vor meiner Nase schließt.

»Sie sind doch krank«, bringe ich leise über die Lippen. Alles ergibt einen Sinn. Ohne dass er sich mir nähern kann, weiche ich vor ihm zurück, eile auf die Appartementtür zu, die allerdings verschlossen ist.

Merde! Ich sehe jedoch die Haustürschlüssel auf der Kommode, schnappe sie und schließe auf.

»Ich finde es ziemlich unfreundlich von dir, dass du …«

»Mir egal, wie du es findest.« Schnell drehe ich mich zu ihm, stoße ihn von mir und reiße die Tür des Appartements auf. Ich will hier einfach nur weg. Überstürzt eile ich zur Tür hinaus und renne, als wäre der Teufel hinter mir her. Wie ein Blitz suche ich den Treppenaufgang auf und überwinde die Stufen. Doch weil ich immer wieder einen Blick über die Schulter werfe, glaube, hinter mir Schritte zu hören, knicke ich beim letzten Treppenabsatz mit dem Fuß um, lande hart auf dem Hintern und rutsche über weitere Steinstufen. Sie sind zwar mit einem roten Teppich überzogen, trotzdem schmerzt es höllisch. Ahr!

Als ich zum Geländer hochsehe, sehe ich Prof Durand unheilvoll wie ein Gespenst drei Treppenabsätze höher über das Geländer blicken.

»Wenn du etwas davon erzählst, wird das Konsequenzen haben.«

Ohne ihm zu antworten, rappele ich mich auf, steige die restlichen Stufen hinunter und halte auf die Haustür zu. Als ich sie aufreiße, renne ich blind über den rutschigen Gehweg, bis mich die Kälte wie eine harte Wand im Gesicht trifft.

Das war knapp. Mehr als knapp. Als ich mich links und rechts umdrehe, sehe ich kaum Menschen auf dem

Gehweg, nur welche im Café nebenan. Vollkommen aufgelöst bringe ich mich in Sicherheit, halte auf einen Hinterhofeingang zu und krame in meiner Handtasche nach meinem Handy, um Law anzurufen. Er muss bald hier sein. *Bitte, Babe.*

Mit zittrigen Fingern brauche ich vier Versuche, um mein Telefon zu entsperren, und suche mit tränenverschleiertem Blick seine Nummer. Als auf einmal zwei Hände meine Oberarme umfassen, beginne ich panisch zu schreien.

»Heilige Scheiße, ich wollte dich nicht erschrecken. Warum bist du wie ein Blitz aus der Tür gestürmt? Und wo zur Hölle ist dein Mantel?« In dem Moment, in dem ich Laws Stimme hinter mir höre, bricht der Damm. Ich sinke erleichtert in mich zusammen, als zwei Tränen über mein Gesicht rollen. Aufgelöst schiebe ich das Handy zurück in die Handtasche, bevor er mich zu sich umdreht. »Was ist los? Sag schon, Flocke? Wurdest du überfallen?«

Mit zusammengepressten Lippen schüttele ich den Kopf. »Ich glaube … ich weiß nicht. Ich glaube …«

»Was glaubst du? Spuck es aus.« Sein Blick ist schlagartig mörderisch. Schnell gibt er meine Arme frei, zieht seinen langen Kaschmirmantel aus, da er anscheinend geschäftsmäßig unterwegs war, und legt ihn über meine Schulter. »Wir gehen ins Auto, und du erzählst mir, was passiert ist.«

Nickend umfasse ich seinen warmen Mantel, der herrlich nach ihm riecht. Als wir zum Urus laufen, sage ich bloß: »Ich glaube, mein Prof ist ein Stalker. Er hat mich sexuell belästigt, wenn ich es mir nicht eingebildet habe.«

Als wäre Law gegen eine Wand gelaufen, bleibt er kurz vor dem Wagen stehen. »Was hast du gesagt?«

»Ich weiß es selbst nicht so genau.« Neben mir öffnet er die Beifahrertür und hält sie mir auf.

»Ist er dir an die Wäsche gegangen?«

»Nein …«

»Hat er dich betatscht?«

Ich nicke. »Okay, du wartest hier im Wagen.« Ich kann in seinen graublauen Augen, die gerade dunkler als sonst wirken, wieder diesen Zorn aufflackern sehen wie vor Jahren.

»Nein, komm schon, es ist nicht –«. *So wie das letzte Mal gewesen* – will ich Durand noch in Schutz nehmen. *Warum? Weil es nicht schlimm genug war?*

Doch Law ist nicht aufzuhalten. Ohne weitere Fragen zu stellen, setzt er mich auf dem Sitz ab, schaut einen Moment in meine Augen und verschließt die Wagentür. Es geht alles so schnell. Denn schon wenige Sekunden später steht er vor Durands Tür und klingelt Sturm. Natürlich öffnet er nicht. Für so feige habe ich meinen Prof auch gehalten.

Gerade fühle ich mich von so vielen Gefühlen überrollt. Ich weiß nicht, wie ich alles einordnen soll, und bin zugleich so froh, dass Law da ist und ich nicht allein bin.

»Dem reiße ich seinen mickrigen Arsch an der Uni auf!«, murrt Law, als er die Fahrertür öffnet und zum Wohnhaus aufblickt. Feindselig starrt er zu den beleuchteten Fenstern.

Im warmen Auto lehne ich mich mit dem Hinterkopf gegen die Lehne, als er einsteigt und sich zu mir dreht. »Was genau hat er gemacht?«

»Er hat zuerst Tee gemacht«, beginne ich, ziehe seinen Mantel enger um mich und suche seinen Blick. »Dann hat er flüchtig mit seiner Hand über mein Knie gestreichelt. Ich dachte wirklich, er hätte sich nichts dabei gedacht.«

»Mann, Flocke, Männer denken sich immer etwas dabei. Wenn nicht mit dem Hirn, dann mit dem Schwanz.« Als er das sagt, schaudert es mich vor der Vorstellung. »Was ist dann passiert?« Sein Blick forscht in meinen Augen, während er mit einer Hand mein Gesicht umfasst.

»Er holte die Bücher irgendwann, die ich durchgeblättert habe. Ich schwöre dir, die gehörten nicht ihm, sondern der Bibliothek. Es sind die Bücher, auf die ich seit Wochen warte. Als ich … die Aufsätze überflogen habe, hat er meinen Po angefasst. Er stand plötzlich hinter mir. Auch, als ich gleich darauf gehen wollte, weil er mir zu aufdringlich wurde. Ich habe meine Handtasche geschnappt und er hat meine Hüfte umfasst und gegen seine gerieben. Es war so eklig. Als ich aus der Wohnung stürmen wollte, war mein Mantel nicht zu finden. Dafür habe ich etwas Unheimliches entdeckt.«

Mit jedem Wort, das ich ausspreche, wird mir bewusst, wie haarscharf ich einem Psychopathen entkommen bin. Und Laws Miene verdunkelt sich. Seine Kiefer mahlen, seine Hand auf meiner Wange bewegt sich nicht mehr.

»Was hast du gesehen?«

Mit einem verzweifelten Gesicht senke ich den Blick, greife nach seiner Hand auf meiner Wange und sage: »In einem Raum hingen mehrere Fotos von Studentinnen. Ein paar kannte ich. Auf einem war ich zu sehen, Law. Er muss … Ich weiß nicht, aber ich glaube, er erpresst Studentinnen, stalkt sie und fordert sich womöglich sexuelle Handlungen oder so ein. Das wurde mir in dem Moment klar. Als ich gehen wollte, war die Wohnungstür verschlossen. Aber ich habe den Schlüssel gefunden, Durand weggestoßen und konnte fliehen. Dabei bin ich blöderweise auf den Stufen umgeknickt.«

Seine Augen weiten sich. »Du bist gestürzt?«

»Ja, aber alles ist gut. Wirklich. Es geht schon wieder.«

»Du wartest hier. Ich kläre das jetzt!« Als er einen zweiten Anlauf nehmen will, um vermutlich Durand die Visage zu polieren, was ich absolut verstehen kann, halte ich ihn davon ab.

»Nein, komm schon, Law. Wir lösen das anders.«

»Anders? Er fasst meine Frau an, sperrt sie ein, stalkt sie und ich soll das okay finden. No way. Ich knöpfe mir den Affen vor, dass er morgen Paris mit einem Stock im Arsch verlässt!«

In seinem perfekt sitzenden Anzug reißt er wieder die Fahrertür auf. Ich kann mich nicht schnell genug zu ihm rüberbeugen und ihn davon abbringen, als er bereits die Motorhaube umrundet und auf das Wohnhaus zuhält. Bevor er etwas Blödes macht, sollte ich ihn aufhalten. Ich verstehe seine Wut, und ich würde genauso reagieren, wenn etwas Ähnliches mit ihm passieren würde. Aber hinterher landet er auf dem Polizeirevier. Daher verlasse ich das Auto ebenfalls und gehe auf ihn zu.

Durand wird die Tür ohnehin nicht öffnen. Denn ich sehe ihn am Fenster stehen. Er weiß, dass wir noch hier sind.

»Law, wir lösen das anders. Du kannst die Tür nicht eintreten.«

»Und ob ich das kann. Mach schon auf, du Witzfigur! Erst begrapschst du andere Frauen, jetzt hast du nicht die Eier in der Hose, um die Tür zu öffnen«, brüllt er über die Straße hoch zu den beleuchteten Fenstern.

Gäste, die das Café verlassen, drehen sich zu Lawrence um, dem es scheißegal ist, dumm angeglotzt zu werden. »Den schnapp ich mir in einem günstigen

Moment, das verspreche ich dir«, sagt Lawrence ruhiger, umfasst meine Hand und führt mich zurück zum Wagen. Ich nicke. Am Urus angekommen, umarme ich ihn. »Ich bin froh, dass du da bist«, sage ich und vergrabe mein Gesicht an seinem warmen Hemd.

»Immer, das weißt du. Dich kann man nicht einen Moment allein lassen, schon wirst du belästigt«, lockert er die Stimmung auf, legt seine Arme um mich und küsst mein Haar. »Fahren wir nach Hause. Ich denke nicht, dass du noch in den Club willst.«

Nein, die Clubstimmung ist mir vergangen.

KAPITEL 11
Jade

»Es ist wirklich alles okay.« Wieder umfasst er meinen Po, als wir in der Wanne sitzen und er den roten Fleck sieht. Das gibt einen fetten Bluterguss.

»Wir lassen morgen einen Arzt einen Blick drauf werden. Oder fahren heute Nacht noch ins Krankenhaus. Ich will wissen, ob es Trick und Track gut geht.«

»Blödmann. Nenn sie nicht so.« Ich drehe mich mit dem Gesicht über die Schulter. Hinter mir sitzend schlingt er seine Arme um meinen Oberkörper und zieht mich tiefer ins Wasser.

»Du solltest das nicht auf die leichte Schulter nehmen.«

»Wenn ich Schmerzen hätte, würde ich es dir sagen. Ich kann morgen bei Paul vorbeischauen. Es ist sicher alles in Ordnung.«

Ich höre sein tiefes Stöhnen, da er am liebsten schon vor einer Stunde mit mir in die Notaufnahme gefahren wäre, was ich allerdings für etwas überzogen halte. Ich verstehe seine Angst. Denn ich weiß, dass unseren Babys bei meiner Fluchtaktion einiges hätte passieren können. Wenn das der Fall gewesen wäre, hätte Law das Wohnhaus niedergebrannt und Durand anschließend geköpft.

Im wohlig warmen Wasser schließe ich die Augen. Seine Hände spülen Schaum von meinen Schultern, er streichelt über meine Brüste, küsst meine Schulter und zieht mich an sich. »Was mache ich jetzt mit meiner Abschlussarbeit? So wie es aussieht, hat er mich über Wochen hingehalten. Er wollte, dass ich die Aufsätze bei ihm lese und bei ihm die Arbeit weiterschreibe.«

»Weil der Perverse dich vögeln wollte. Wir finden einen Weg. Ich kann mir nicht vorstellen, dass die anderen Mädels das hinnehmen. Am besten, wir fragen sie und werden dem Dekan mitteilen, dass ein kranker Grapscher Studentinnen belästigt.«

Klingt nach einem Plan. »Und zuvor schonst du dich. Du hast die letzten Wochen zu viel an die Uni gedacht anstatt an dich oder unsere Zwerge.« Seine Hand verliert sich auf meinem Unterbauch. »Wenn du mich fragst, lass das Studium bleiben. Ich könnte dir genügend Chancen ermöglichen, um direkt nach dem Babyjahr in den Job einzusteigen. Pfeif auf den Abschluss und –«.

»Kommt nicht infrage«, unterbreche ich ihn sofort. »Außerdem dachte ich, du würdest ein Babyjahr einlegen?«, scherze ich.

Ein frivoles Raunen erklingt an meinem Nacken. »Mittagsschlaf, Schlabberhosen, Essen für alle, Spielzeugparadies. Könnte mir gefallen. Dennoch nimm meinen Vorschlag an, Jade, wenn du unbedingt deinen Hintern an einem Schreibtisch plattsitzen willst.«

Meine Antwort lautet immer noch nein. Auch wenn ich etwas zögere. Ich will nicht bevorzugt werden, weil ich Lawrence geheiratet habe. Aber ich will auch nicht länger diesen Druck aushalten müssen, der mich in den letzten Wochen fertiggemacht hat.

»Denk drüber nach.«

»Mache ich. Auch wenn du meine Meinung kennst«, flüstere ich, schiebe meine Hand über seine, die weiterhin auf meinem Bauch ruht. Leise seufzend lehne ich den Kopf gegen seine Schulter. »Warum hast du dich heute so rausgeputzt? Gab es ein Treffen, von dem ich wissen sollte?«, erkundige ich mich mit einem frechen Lächeln, um das nervige Thema Studium und Prof Durand zu wechseln.

»Das gab es wirklich. Allerdings verlief es nicht so aufreizend wie deine privaten Treffen. Ich war bei einem Freund.« *Aha, und weiter.*

»Welchem? Du hast sehr viele Freunde.«

»Einem Notar.«

»Notar?«, wiederhole ich, richte mich auf und will mich zu ihm umdrehen.

»Bleib liegen. Du zappelst jedes Mal in der Wanne herum wie auf einer Hüpfburg. Hüpfen darfst du gern später.« Aus den Augenwinkeln sehe ich sein breites, vielsagendes Grinsen.

Leise fauchend verdrehe ich die Augen.

»Weich mir nicht aus. Was willst du von einem Notar?«

»Überraschung«, raunt er in mein Ohr, streichelt sinnlich über meine Brüste und umkreist meine rechte Brustwarze, die sofort auf seine Berührung reagiert.

»Das ist gemein. Du wolltest mir heute die Überraschung verraten.«

»Wäre der Abend anders verlaufen, wären wir im Club und ich hätte es dir dort in meinen Privaträumen erzählt. Denn dort befinden sich die Unterlagen.«

Unterlagen? »Sag nicht, du hast etwas gekauft?«

»Ich verrate nichts.«

»Du hast etwas gekauft. Was?« Erneut versuche ich, mich aufzurichten, was er nicht zulässt.

»Verrate ich nicht, Zappeline. Jetzt verhalte dich wie ein braves Kätzchen.«

»Du willst überhaupt kein braves Kätzchen«, kontere ich lachend und kralle meine Fingernägel in seinen muskulösen Oberschenkel.

»Verdammt, dir scheint es wirklich gut zu gehen und du nutzt meine Fürsorge wieder bloß aus. Warte, bis ich dich wieder zähme und du leise schnurrend neben mir einschläfst.«

Anzüglich reibt er sein Kinn über meinen Nacken, sodass sich Gänsehaut auf meinem Körper ausbreitet. Zugleich zwirbelt er meine Brustwarze fester.

»Ich mag keine Überraschung«, wispere ich schmollend.

»Du wirst sie lieben, das verspreche ich dir. Ich will sie dir zeigen, nicht bloß davon erzählen. Daher musst du bis morgen warten, Flocke.«

Enttäuscht verziehe ich die Lippen. Ich weiß, dass er nichts verraten wird, egal, wie oft ich nachhake.

»Du weißt, wie sehr ich warten hasse und wie neugierig ich bin.«

»Du wolltest vorhin nicht ins Krankenhaus. Wir hätten auch Paul in seiner Villa besuchen können. Wollen wir?«

»Spinnst du, nein! Ich mag deinen Freund. Außerdem wird das wieder eine Erpressung. Mir geht es gut. Wir müssen in kein Krankenhaus und morgen schaue ich in der Akutstunde bei Paul vorbei.«

»Ein Versuch war es wert. Möglicherweise hätte ich dir dann erzählt, was ich bei einem Notar wollte.«

»Du hast sicher versucht, eine zweite Frau zu heiraten, und herausgefunden, dass das nur in arabischen Ländern möglich ist. Du Schuft.«

Ich versuche ihn weiterhin zu provozieren, drehe mich aus seinem lockeren Griff und verpasse ihm eine

Fuhre Wasser. Dummerweise habe ich es etwas mit meiner Aktion übertrieben und den Badfußboden geflutet.

»Typische Trotzreaktion, oder? Dir ist schon klar, dass du das da alles wegwischen darfst. Nackt versteht sich.« Freudig lächelnd mustert er mich eingehend und kann es kaum erwarten, bis ich loslege. »Mit der zweiten Frau muss ich dich enttäuschen. Erstens reicht mir eine abgedrehte Flocke. Zweites wird mir der Unterhalt auf Dauer mit zwei Frauen zu teuer. Wenn sie ebenfalls Zwillinge wirft, habe ich ein Problem. Jetzt leg los, aufwischen, Madame. Du darfst gern mit dem Wischmopp tanzen, während ich die Show von der Wanne aus genieße.«

Machohaft legt er die Ellenbogen auf die Wannenkante, lehnt sich entspannt zurück und tritt unter Wasser nach meinem Po. »Worauf wartest du?«

»Fiessack! Ich werde morgen allein zu Paul gehen.«

»Oh, ist das deine Bestrafung? Schmollst du jetzt?«, zieht er mich weiterhin auf und schließt gelassen die Augen.

Ich erhebe mich aus der Wanne, trete ihm ebenfalls gegen den Oberschenkel und steige auf die klitschnasse Badematte. »Achtung Sturzgefahr. Aber der Begriff ist dir seit heute nicht neu, oder?«

Okay, es reicht! Neben der Wanne umfasse ich seine Schultern und will ihn unter Wasser drücken. Doch hart wie eine Betonsäule bekomme ich ihn keinen Millimeter bewegt.

»Tob dich ruhig aus«, motiviert er mich noch blöd lachend.

»Verdammt. Warum musst du mehr Kraft haben als ich? Das ist so unfair!«, schimpfe ich und schnaufe enttäuscht.

»Die brauch ich, damit ich mein Flöckchen immer wieder einfangen und flachlegen kann.« Amüsiert verdrehe ich die Augen, gebe seine Schultern frei und greife nach einem Handtuch, um mich abzutrocknen.

»Vergiss es. Nackt hab ich gesagt, Fräulein.«

»Soll ich erfrieren?«

»Hier drin ist es heiß wie in einer Sauna.«

»Es ist März.« Okay, der Spruch war etwas unüberlegt.

»Was ist das für ein blödsinniges Argument? Ihr Frauen habt manchmal wirklich eine Kindergartenlogik.«

Egal. Ich trockene mich ab, bevor ich das Badezimmer barfuß über die warmen Natursteinfliesen verlasse. Aus der Abstellkammer hole ich einen Eimer und Wischmopp. Als ich zurückkehre, liegt Law immer noch entspannt in der Wanne. Der Schaum, der sich mit der Zeit aufgelöst hat, bildet Löcher, durch die ich seinen Sixpack sehen kann. Seine Tattoos wirken heute vom Wasser wesentlich dunkler als sonst.

»Die Putzkolonne kommt«, unterbreche ich die Ruhe, um ihn nicht länger zu beobachten.

»Mit dir wird es nie langweilig«, scherzt Law, der nun die Augen öffnet und seinen Kopf zu mir dreht. »Dann leg mal los und zeig, was du mit dem Mopp alles draufhast. Es darf gern frivol und anzüglich enden.«

Ich zieh ihm den Mopp gleich über seinen Schädel. Trotzdem muss ich mein Lachen unterdrücken, schüttele den Kopf und trage den Eimer zur Dusche, um ihn mit Wasser zu befüllen. »Du trägst immer noch dieses Handtuch.«

»Richtig, wie dumm von mir. Ich bin ja so vergesslich«, gehe ich auf sein Spiel ein, öffne das Handtuch und hänge es über die Glaswand, sodass er mich nur noch teilweise von der Wanne aus sehen kann. Anschließend hebe ich die Duschbrause über die Schultern und spüle mich ab. Dabei keuche ich, stemme die Hand gegen das beschlagene Glas und halte den Strahl von meinen Brüsten über meinen Bauch zu meiner Pussy.

»Was treibst du jetzt wieder?« Und schon höre ich das Plätschern von Wasser und weiß, dass er die Wanne verlassen hat. »Du solltest nicht anfangen, dich selbst zu befriedigen.«

Wieder muss ich ein Lachen hinunterschlucken, mache weiter und halte die Brause über den Eimer, als er neben mir steht.

»Habe ich nicht gemacht. Ich hab mich nur abgeduscht und fülle den Eimer.«

»Ich fülle auch gleich deinen Eimer.« Mit dem Fuß kickt er den nicht einmal halb vollen Eimer zur Seite, tritt hinter mich und nimmt mir die Brause ab, die er über uns aufhängt.

»Ah, nein, ich soll noch aufwischen.«

»Das kannst du gern machen, wenn wir mit der Sauerei fertig sind. Jetzt bist du fällig«, raunt er anzüglich in mein Ohr, stemmt eine Hand über meinem Kopf ab und gleitet mit der anderen von meinen vollen Brüsten über meinen Bauch direkt zu meiner Pussy.

»Es ist immer wieder erstaunlich, wie oft ich dich zähmen muss.«

»Mit deinem geilen Schwanz.«

»O ja. Ich muss dir ja zeigen, wo der Hammer hängt.«

»Glaub mir, ich weiß, wo er hängt«, bringe ich lachend über die Lippen, höre ihn hinter mir knurren und spüre im nächsten Moment seinen erigierten Hammer auf meinen Pobacken. Einen Moment später schiebt er meine Schamlippen auseinander. Das Wasser prasselt auf uns herab, in meinem Becken breitet sich ein verlangendes Pochen aus, und ich will einfach, dass er mich hier unter der Dusche gegen die Glaswand vögelt.

»Ich zeig es dir lieber einmal mehr.« Sein großer Phallus reibt zwischen meine Pobacken, er massiert meine

Klit und dringt in meine Pussy ein. Als er mich mit seinen Fingern fickt, schmiege ich die Stirn gegen das Glas und schiebe ihm meinen Arsch näher entgegen.

»Zeig es mir richtig. So, dass ich es nicht mehr vergesse.«

»Wir wissen beide, wie vergesslich du bist«, raunt er anzüglich in mein Ohr, leckt über meinen Hals und dehnt meine Pussy für seinen Schwanz. Ich keuche, spüre die Hitze, als er meine Klit schneller umkreist und mein Körper zittert. Ich bin wie in Trance. Im nächsten Moment greife ich nach hinten zu seiner Schulter, er nimmt meine andere Hand und hält sie über unsere Köpfe auf das Glas gepresst. »Gott, verdammt!«, stöhne ich, als ich komme und seine warme, starke Präsenz hinter mir spüre. Ich keuche gegen das beschlagene Glas, grabe die Fingernägel tiefer in seine Schulter und schreie laut, als ich zum Höhepunkt komme.

»Es ist immer wieder geil, wie hart du kommst und deine geile Pussy zuckt. Jetzt zeig ich dir den Hammer.«

Ich jaule amüsiert auf, als er im nächsten Moment seine Finger von meiner Pussy hebt, seine Schwanzspitze meine Schamlippen teilt und er mit seinem Schwanz in mich eindringt. »Fuck!«, keuche ich, da der Orgasmus immer noch nicht in mir abgeflaut ist. Jetzt von seinem Schwanz ausgefüllt zu werden, reißt mir fast den Boden unter den Füßen weg. »Mach jetzt nicht schlapp.«

»Niemals. Ich will deinen Hammer spüren.«

»Wirst du.« Er hält weiterhin meine Hand über meinem Kopf eisern fest, mit der anderen fixiert er mein Becken, bis er sich aus mir zurückzieht. Aber nur, um mit dem nächsten Stoß komplett in mich einzudringen.

»Hammergeil«, bringe ich scherzhaft über die Lippen und höre ihn hinter mir lachen.

»Und schon wirst du gefügig, Flocke.« Sofort bewegt er sich schneller in mir, nimmt mich mit tiefen Stößen und vögelt mich zum nächsten Abgrund, an dem mir Flügel wachsen, bevor ich in die Tiefe gerissen werde. Seine Hände halten mich. Sein Atem streichelt meinen Nacken. Seine Wärme beschützt mich.

Nach einigen Minuten beschleunigt er seine Stöße, fickt mich schneller, bis er tief in mir kommt, seine Härte pulsiert und sich in mir ergießt. Schwer keuchend, obwohl er die meiste Arbeit geleistet hat, löse ich meine Hand von seiner Schulter und lehne meinen Kopf erschöpft gegen seine Brust. »Der Quickie war bitter nötig, Flöckchen. Schon geht es dir besser und du bist wieder geheilt.«

Klar, sicher. »Ich brauch nur eine Verschnaufpause.«

»Leider wirst du die nicht haben«, lässt er mich belustigt wissen. »Du darfst noch den Boden wischen. Ich wärm schon mal das Bett vor. Es ist März und wir haben keine Heizung. Du weißt schon.«

Er macht es wieder! Ah!

»Zeig mir deine Krallen und ich zeig dir meinen Hammer. Überleg, was du willst.« Mit einem Kuss in meinen Nacken zieht er sich aus mir zurück, schnappt sich die Duschbrause, um sich abzuspülen, und verlässt dann gut gelaunt und pfeifend das Badezimmer. Natürlich schnappt er sich mein Handtuch, das er sich gekonnt im Gehen um die Hüfte schlingt.

»Du bist echt grausam. Und mein Handtuch!«

»Du hast dein Temperament nicht im Griff. Ich wollte nur entspannt baden. Du hast das Bad geflutet.«

Wenn er nicht recht hätte, würde ich ihn verfolgen und ihm das Handtuch vom Körper reißen. Im Übrigen mein Handtuch, das ich vorhin über die Glaswand gehängt habe.

Nachdem ich meinen Körper ebenfalls abgespült habe, verlasse ich die Dusche, nehme ein frisches Handtuch und trockene mich ab. Anschließend mache ich mich daran, das Bad zu wischen.

Ich wäre jetzt auch lieber im Bett – jammere ich in Gedanken.

Als alles fertig ist, kämme ich mein feuchtes Haar vor dem Spiegel durch, putze die Zähne und drehe mich anschließend vor dem Spiegel. Vorsichtig nehme ich das Handtuch ab. Als ich mich mit dem Po zum Waschtisch drehe, sehe ich einen rot-bläulichen Fleck auf der rechten Pobacke. Man kann beinahe die Stufenkante erkennen, auf die ich gefallen bin.

Scheiß-Durand!

Ich kann von Glück reden, dass nicht mehr passiert ist. Als ich mich zur Seite wende, taste ich mit den Fingern der rechten Hand über meinen kleinen Bauch. Nackt ist schon lange nicht mehr zu leugnen, dass ich schwanger bin, da die beiden erstaunlich schnell wachsen.

Und ich … ich bin so dumm und nehme mir keine Zeit, um das Wunder zu genießen. Stattdessen plage ich mich mit Aufsätzen, meinem Professor und dem Abschluss herum.

»Ab jetzt seid ihr wichtig«, wispere ich, streichele über meinen Bauch und lächele. Obwohl ich mir vor zwei Tagen nicht sicher war, kann ich sie in mir spüren. Nur etwas. Aber sie bewegen sich bereits. In der zwanzigsten Woche entwickeln sich ihre Sinne, wachsen schon ihre Haare.

Während Lawrence noch keinen blassen Schimmer hat, ob wir zwei Jungen oder zwei Mädchen bekommen werden, weiß ich ganz genau, was uns erwartet. Und ich könnte nicht glücklicher sein. Ich sollte mir schleunigst überlegen, wie ich alles entschleunigen kann. Wie ich mich allmählich auf die Geburt vorbereite und mir Zeit für die beiden nehme.

Denn wenn ich ehrlich bin, freue ich mich wahnsinnig auf meine beiden Kinder. Mittlerweile genauso sehr, wie sich Lawrence jeden Tag darüber freut.

Ihm habe ich die letzten Wochen genug Sorgen bereitet. In manchen Momenten fragte er mich, ob ich mich wirklich auf unsere Babys freue. Zwar habe ich immer »Ja, klar, was ist das für eine Frage« geantwortet. Trotzdem war es nie von Herzen gemeint. Ich meine, ich wurde einfach überrollt mit den neuen Umständen. Mein Körper verändert sich, nicht Laws, und ich bin die Jüngere von uns beiden, die eigentlich noch nicht bereit war, Mutter zu werden.

Jetzt will ich es werden. Solange sie gesund sind, sich weiterhin hervorragend entwickeln, kann ich mir nichts Schöneres vorstellen. »Ja, ich freue mich auf euch. Von ganzem Herzen. Und ich liebe euch jetzt schon.«

Als ich das Gesicht hebe, sehe ich Lawrence entspannt in schwarzem Shirt und Boxershorts im Türrahmen stehen. Seit wann steht er dort? Er hat den Moment nicht unterbrochen, sondern schaut zufrieden lächelnd zu mir, bevor er mir seine Hand reicht.

»Gehen wir schlafen, mon Cœur.«

KAPITEL 12
Jade

»Bist du sicher, dass du niemanden vergessen hast?«

»O ja, ich bin mir absolut sicher«, antworte ich Paul, der von mir zur Tür hinter mir blickt und wahrscheinlich eine ungeduldige Menschenansammlung in seiner Praxis erwartet. Es ist die vierte Untersuchung.

Bei der ersten war Lawrence anwesend.

Bei der zweiten meine Eltern und Law.

Bei der dritten Maron und Gideon und Law.

Und die vierte bin ich allein.

»Nicht einmal Lawrence wollte mitkommen, um dabei zu sein? Manchmal habe ich die Befürchtung, er würde von euch beiden Zwillinge bekommen.«

Über Pauls Worte muss ich schmunzeln, bevor ich auf dem Stuhl vor seinem Schreibtisch Platz nehme. »Er wäre furchtbar gern mitgekommen, aber wartet unten im Auto. Ich wollte die Untersuchung dieses Mal allein mit dir durchführen.« Wir sind schon länger beim Du, einfach weil es sich ergeben hat und ich Paul mag.

Er stützt die Ellbogen auf den Tisch auf, beugt sich über die Patientenakte und lächelt freundlich.

»Hat es einen besonderen Grund? Du siehst heute wesentlich entspannter aus. Mir hat der Zirkus der letzten Untersuchungen überhaupt nicht gefallen. Dir anscheinend auch nicht. Dabei sollte sich alles um dich drehen. Dich und die beiden.«

»Ich weiß«, antworte ich ihm, zupfe am goldenen Anhänger der Michael-Kors-Tasche und schaue anschließend zu ihm auf. »Ich stand unter solch einem Stress, dass ich so viel bereits verpasst habe. Jetzt will ich mich voll und ganz auf die Schwangerschaft konzentrieren.« Er dürfte das Leuchten in meinen Augen erkennen. Denn sofort stecke ich ihn damit an.

»Das ist die richtige Einstellung. Dann wollen wir schauen, wie sich die beiden entwickeln.« Ich nicke, erhebe mich und verschwinde hinter der Trennwand, wo ich mich bis auf die Unterwäsche ausziehe, damit ich anschließend gewogen werden kann, Urin habe ich bereits abgegeben. Mein Umfang wurde auch gemessen.

»Hast du Law unser Geheimnis verraten?« Ich weiß genau, was Paul meint.

»Nein, keine Sorge. Er hat vor, dich ebenfalls in die Wetten einzubeziehen. Außerdem glaubt er, ich würde es auch nicht wissen, ansonsten wäre ich vor ihm nicht mehr sicher«, antworte ich kichernd, steige auf die Waage und habe stolze drei Kilo seit dem letzten Mal zugenommen. O Mann, hoffentlich hole ich nicht Law ein. 57,8 Kilo. Okay, er wiegt 95 Kilo. Trotzdem …

»Sieht sehr gut aus. Du kannst dir wieder eine Jacke anziehen.« Anschließend geht es auf die Liege, die ich wesentlich besser finde als den Gynstuhl. Als er das kühle Gel auf meinem Bauch verteilt, hole ich nervös Luft.

»Habt ihr euch schon Namen überlegt?«

»Nein. Noch nicht. Du kennst ihn, er ist von Bonny und Clyde bis Romeo und Julia für alles zu haben. Mir gefällt der Name Allegra.« Der Name ist stark, bedeutet die Fröhliche. Das passt irgendwie, da sie in Zukunft sicher ihren Spaß mit uns als Eltern haben wird.

»Ausgefallener und klangvoller Name«, stimmt mir Paul zu.

»Ja, finde ich auch. Wie geht es ihnen?« Neugierig verfolge ich seine Aufnahmen auf dem Bildschirm, sehe wie immer zuerst ein wüstes Chaos an Linien und Blasen, bis ich ein Gesicht erkenne.

»Hervorragend.« Er macht wieder Bilder von den Aufnahmen, misst die Durchmesser der Köpfe und andere Gliedmaßen. Zugleich sehe ich, wie einer der beiden die Hand am Mund hält, als würde er nuckeln. Es jetzt so richtig bewusst wahrzunehmen, was in mir passiert, rührt mich einen Moment zu Tränen. Ich bin froh, die Untersuchung allein mit Paul durchzuführen.

»Sie entwickeln sich prächtig weiter und arrangieren sich noch gut miteinander.« Er lacht und druckt anschließend ein Foto aus. »Sag Lawrence, ich nehme an der Wette sicher nicht teil.«

»Du könntest teilnehmen, um ihn zu verwirren«, biete ich an, da ich Paul mag. Egal, wie oft er von Law verbal attackiert wird, mittlerweile habe ich ein gutes Vertrauensverhältnis zu ihm aufgebaut.

»Aus dem Blickwinkel habe ich es noch nicht gesehen. Ich überlege es mir. Möchtest du wieder Fotos?«

»O klar. Von beiden eines, wenn es möglich ist.«

Er gibt sich wirklich Mühe, um von beiden schöne Aufnahmen zu machen. Allerdings ist die kleine Flocke nicht wirklich daran interessiert und präsentiert auf einmal ihren Hintern. »Das Foto nehme ich auch. Das wird Law gefallen, und er kann rätseln, wem der kleine Hintern gehört«, sage ich lachend, richte mich anschließend von der Liege auf und wische das Gel von meinem Bauch. Leider muss ich im Anschluss wieder auf den Gynstuhl. Als die Untersuchungen fertig sind, er auch meine Brüste abtasten durfte, ziehe ich mich an und verlasse mit dem Mutterpass und einem erleichterten Lächeln die Praxis.

»Wie lief es?«, fragt Law, den ich am Lenkrad mit Handschellen fixiert im Auto zurückgelassen habe.

»Ausgezeichnet. Wirklich. Da du brav gewartet hast –«.

»Du mich festgekettet hast wie einen Verbrecher«, stellt er klar.

»Bekommst du ein ganz besonderes Foto.« Ich suche die Schlüssel der Handschellen in meiner Handtasche, bevor ich meinen Mann vom Lenkrad befreie. Dass es mir überhaupt gelungen ist, ihn zu fixieren, grenzt an ein Wunder.

»Das wirst du kein einziges Mal mehr machen, sonst reiße ich dir zu Hause deinen kleinen Hintern auf.«

Besitzergreifend fasst er in meinen Nacken, zieht mein Gesicht an seines und küsst mich. »Es tat gut, die Untersuchung allein durchzuführen. Beim nächsten Mal bist du wieder der VIP-Gast. Versprochen.« Sanft erwidere ich den Kuss, schiebe meine Finger in sein zusammengebundenes Haar und atme seinen rauen, nach dunklem Amber duftenden Geruch ein.

Er schenkt mir ein Lächeln, bis er mich erwartungsvoll anblickt. »Wo ist meine Belohnung?«

»Sekunde.« Ich löse mich von ihm, suche in der Handtasche den Mutterpass und hole das Bild mit dem kleinen Hintern heraus.

»Für dich. Es wollte heute nicht von vorn fotografiert werden.«

»Von hinten? Gefällt mir.«

»Ja, die Arschlochnummer hat es schon drauf.« Es immer Es zu nennen, stört mich, und ich muss wirklich aufpassen, nicht er oder sie zu sagen.

»Ganz mein Kind.« Begeistert studiert Law das Ultraschallbild wie einen wertvollen Besitz. »Was ist mit dem anderen?«

»Das hat Erziehung genossen. Schau mal. Es nuckelt am Daumen.« Ich reiche ihm das zweite Bild, das er neben das andere auf dem Lenkrad ablegt.

»Ich wette, das ist mein Sonnyboy. Er übt schon fleißig, um die Mädels später aufreißen zu können.«

»Ganz sicher«, antworte ich lachend. »Er muss zuerst an mir üben, du Spinner.«

»Ja, von dir und mir lernt er, wie es richtig geht.« Und schon landet seine Hand auf meinem Mantel. »Aus dir wird mal ein richtiger Frauenversteher.«

»Nein, wird er nicht. Er wird ein Gentleman.«

»Bestimmt nicht. Frauen wollen die Arschlöcher.«

»Nicht nur, sonst hätte ich dich niemals genommen, klar?«

»Wer hier wen genommen hat, ist ja wohl die Frage. Wir bekommen deine Mutter noch umgestimmt.« Weiterhin tätschelt er meinen Bauch. Ich schnaube und verziehe die Lippen.

»Was, wenn es zwei Mädchen werden? Wärst du enttäuscht, wenn kein Junge dabei ist?«

»Es ist ein Junge dabei, das weiß ich.« Das ist immer seine Standardantwort, bei der ich die Lippen zusammenpressen muss, um das Geheimnis nicht auszuplaudern. Nein, ich will in seine Augen sehen, wenn er sieht, ob wir Jungen oder Mädchen bekommen. »Und wenn nicht, bin ich sicher nicht enttäuscht. Zwei kleine Flöckchen sind auch eine Lebensaufgabe. Bei denen werde ich sicher alle Hände voll zu tun haben, dass sie nicht von Jungs angegraben werden. Oder Kerle in unser Haus einsteigen, weil sie so scharf aussehen wie du. Ich überlege bereits, ob wir einen Elektrozaun in Auftrag geben sollten.«

»Wir wohnen in einem Appartement, Blödmann.« Ich lache und beobachte weiterhin, wie er die Bilder mit diesem warmen stolzen Lächeln studiert.

»Noch. Jetzt pass mal auf …« Und plötzlich schnappt er die Handschellen und fixiert meine rechte Hand mit dem Griff über dem Fenster.

»Was soll das jetzt wieder?«

»Revanche. Wir machen jetzt eine kleine Reise.«

»Reise? Nein, kommt nicht infrage. Ich muss außerdem auf die Toilette.«

»Das muss warten.«

»Scherz, oder? Auf meiner Blase lungern zwei Babys, das kann sicher nicht warten.« Okay, ich setze ihn etwas unter Druck, damit er mich wieder befreit.

»Auf den Mist falle ich sicher nicht rein. Wir fahren jetzt zu dem, was ich gekauft habe.«

»Etwa zu *der* Überraschung?«, hake ich neugierig nach.

»Ja, genau der Überraschung.« Im nächsten Moment hat er den Motor gestartet, der laut aufheult, und verlässt die Parklücke, um sich in den Stadtverkehr einzufädeln.

»Und ich dachte, du würdest die letzten Tage die Unterlagen deines Clubs für das Finanzamt vorbereiten. Dabei kaufst du einfach hinter meinem Rücken einen weiteren Club. Ich liege doch richtig?«

»Das wird unser Club. Für dich und mich und unsere kleine Monster-AG.« Er hat sich also Gedanken darüber gemacht, dass wir später umziehen?

»Was soll das heißen? Wir wohnen doch in einem riesigen Appartement.«

»Ohne Garten, Spielwiese und Elektrozaun«, kontert er grinsend und beugt sich zu mir herüber. »Das wird sich bald ändern, Honeymoon.«

»Ändern? Hey, aber du fragst mich schon noch, wenn wir ins Ausland auswandern?« In fast allen Entscheidungen bezieht er mich ein, aber nicht in die eines neuen Hauses mit Garten?

»Wo bleibt der Spaß? Außerdem hattest du in den letzten Wochen genug Stress und solltest dir dein hübsches Köpfchen nicht noch über einen Umzug zerbrechen. Daher hab ich die Entscheidung gefällt.«

Mir stockt einen Moment der Atem. Er fährt Richtung Osten auf die Autobahn. Perplex, da ich mit dieser Art von Überraschung nicht gerechnet habe, kratze ich an meiner Augenbraue und lehne mich im Sitz zurück.

»Meinst du nicht, dass das alles etwas viel auf einmal ist?«, werfe ich nach ein paar Minuten ein.

»Lass mich das machen. Du bereitest dich auf die Geburt vor, ich kümmer mich um unser Zuhause. Das wird der Knaller, wenn du es siehst, versprochen.« *Da bin ich mir noch nicht ganz sicher.*

Er hat sicher einen Puff gekauft. Das wäre ihm absolut zuzutrauen. Ich mochte sein Appartement. Seit wann will er einen Garten? Wird er etwa alt? Bloß weil wir Kinder bekommen, will ich kein typisches Vorstadtleben führen, mit der Nachbarin an der Hecke quatschen und andere Kinder aus dem Fenster beobachten.

»Jetzt mach dich mal etwas locker, Jade. Du siehst aus, als würden gleich die Wehen einsetzen.« Er lacht hinter seiner Sonnenbrille, die er aufgesetzt hat. Heute trägt er ziemlich lässige Kleidung. Graue Jeans, dunkelbraune Lederschuhe und ein Langarmshirt im Schottenmuster, das ihm Drake zu Weihnachten geschenkt hat. Passend dazu hat er einen dunkelblauen Schal um den Hals gebunden und seine Pilotensonnenbrille auf der Nase.

»Ich bin locker«, wispere ich.

»Seh ich. Brauchst du kurz einen Stopp?«

»Nein«, antworte ich, was ein Zeichen für ihn ist, über die Autobahn zu rasen. Wir fahren Richtung Champagne, haben Paris mehr als fünfzig Kilometer verlassen.

Das ist längst keine Vorstadt mehr, sondern Land. Dörfer. Das Ende der Welt.

»Hast du vor, nach Belgien oder Luxemburg zu fahren?«, erkundige ich mich nach einigen Minuten, stelle die Musik lauter und atme gegen die beklemmende Übelkeit in meiner Magengegend an. Verdammt, ich will jetzt nicht doch einen Stopp einlegen müssen, weil mein Magen rebelliert.

»Keine Sorge, ich entführe dich heute nicht über die Grenze.« Besitzergreifend tätschelt er meinen Oberschenkel.

»Gut zu wissen.« Ich umfasse den Griff, an dem ich fixiert wurde, fester. »Wohin fahren wir dann? Die Häuser mit Gärten haben wir längst hinter uns gelassen. Wir setzen uns nicht in ein Dorf ab, oder?«

»Wäre das so schlimm?«, hakt Law nach, woraufhin ich laut lachen muss.

»Ja. Wäre es. Du und in einem Dorf leben ist wie ein Pfarrer in Las Vegas.«

»Unvorstellbar, aber geil. Warte es ab. Wir sind gleich da.« Als er die Autobahn verlässt, lese ich Épernay. O Gott, er hat wirklich vor, sich auf dem Land abzusetzen.

Einige Minuten später, in denen ich gegen meine Übelkeit und das Grummeln in meiner Magengegend ankämpfe, erreichen wir ein kahles Feld. »Law«, murre ich.

»Was?«, fragt er mich, fährt weiter am Feld mit noch kahlen Weinreben entlang und biegt kurz darauf in eine Allee ein. *Das gefällt mir alles nicht. Das gefällt mir überhaupt nicht.*

Abrupt tritt er mitten auf der Allee auf die Bremse, sodass sich mein Gurt in den Bauch einschneidet und ich Galle auf der Zunge schmecke.

»Am besten, ich verbinde dir die Augen. Du siehst aus, als würdest du gleich umfallen.«

»Wirklich? Sei mir nicht böse, wenn ich diese Idee von dir nicht so gut finde, okay?«

»Warte es ab. Wir wissen beide, dass du alles an mir und von mir gut findest«, kontert er selbstgefällig, nimmt sein Tuch vom Hals und bindet es um mein Gesicht.

»Jetzt hast du Make-up-Spuren dran.« Ich kichere.

»Nehme ich gern in Kauf. Sitzt alles?« Als ich die freie Hand zum Gesicht hebe, greift er nach ihr und legt sie auf sein Bein. »Die bleibt schön dort. Du darfst auch anfangen, mich zu belohnen, bevor wir da sind.«

»Haha, vergiss es. Ich denke nicht, dass ich Freudensprünge machen werde. Ich bin ein Stadtkind und habe von Pflanzen, Tieren und Häusern null Ahnung. Hier gibt es nicht einmal einen Supermarkt oder eine Tankstelle.«

»Warte es ab.«

»Das sagst du jetzt zum dritten Mal«, murmele ich blind unter seinem Schal und gefesselt an dem Haltegriff. Wenn mich so jemand sieht, vermutet er sicher ein Kidnapping und keine Hausbesichtigung.

Langsam fährt er weiter. Ich spüre, dass wir bald da sind, mir noch schlechter wird, weil ich nichts mehr sehen kann. Ich kann nicht einmal ein Buch während der Fahrt lesen, ohne dass mir übel wird. Früher war ich diejenige, die ständig als Kind im Auto kotzen musste. Während Gaël jedes Mal gefeiert hat, hat Éric gleich mitgemacht.

»So, wir sind da«, vernehme ich seine Stimme, in der die pure Vorfreude mitschwingt.

»Okay«, antworte ich verunsichert, nehme meine Hand von seinem Oberschenkel, die ich keinen Millimeter bewegt habe. Wie ich es bei einem YouTube-Video gesehen habe, atme ich tief durch, als würde ich mich auf die Entbindung vorbereiten.

Plötzlich höre ich seine Autotür zuschlagen, bevor sich wenige Augenblicke später meine öffnet, er mein Kinn umfasst und mich küsst. »Du wirst es lieben.«

»Und was, wenn nicht?«

»Ich sagte doch, du wirst es lieben«, beharrt er auf seiner Meinung, beißt sinnlich in meine Unterlippe und befreit mich anschließend von den Handschellen. Kaum bin ich frei, will ich seinen Schal vom Gesicht schieben, was er nicht zulässt.

»Gedulde dich.«

»Sagst du so leicht. Warte …«, antworte ich, als er mich aus dem Wagen hebt.

»Worauf?«, hakt er nach, steht plötzlich hinter mir und löst den Schal, um mir seine Überraschung zu präsentieren. In dem Moment umfasse ich meinen Magen, sehe für den Bruchteil weniger Sekunden einen blätterlosen Strauch, den ich leider missbrauchen werde, und übergebe mich vom Feinsten.

Hinter mir höre ich Lawrence räuspern. »Was machst du jetzt schon wieder, Babe?«

»Sorry, bin gleich so weit.«

»Sehe ich. Also wenn du meine Überraschung so zum Kotzen findest, hättest du dich während der Fahrt deutlicher ausdrücken können.« Hinter mir bleibt er stehen, hält mein Haar zurück und wartet geduldig ab, bis ich den Mageninhalt in unseren zukünftigen Strauch ans Sonnenlicht befördert habe.

»Hast du den auch gekauft?«, krächze ich mit belegten Stimmbändern.

»All-inclusive. Mach dir keine Gedanken, Honey«, amüsiert er sich über meine Reaktion, streichelt über meinen Rücken und bleibt gefasst.

»Gott sei Dank«, keuche ich, spucke den ekelhaften Geschmack aus und atme mit Tränen in den Augenwinkeln durch.

»Geht es wieder?« Vor meinem Sichtfeld erscheint ein Taschentuch, das ich schnappe, und wische meinen Mund ab.

»Sicher. Gib mir einen Moment«, bitte ich ihn. Neben mir stehend streichelt er mein Haar aus dem Gesicht, bis er mir mit den Händen die Augen zuhält.

»Versuchen wir es erneut.«

Ich nicke bloß. Langsam führt er mich vor sich über die gepflasterte Auffahrt. Da ich von meinem Magen so schnell überwältigt wurde, habe ich nicht viel mehr als den Strauch, hohe Bäume und den Metallzaun sehen können.

»Jetzt dürfen deine Knie weich werden«, raunt er in mein Ohr.

»Ich hoffe, es wird nichts anderes weich«, kontere ich scherzhaft, spanne die Schultern an und warte, was er mir gleich präsentieren wird. Vorsichtig löst er hinter mir stehend seine Hände von meinem Gesicht. Ich brauche ein paar Wimpernschläge, bis sich das Sichtfeld schärft und ich ein aus massivem Stein errichtetes kleines Château sehe, das mich an ein Burghotel erinnert. An den Wänden rankt Efeu und wilder Wein empor, der Garten sieht noch in Arbeit aus, trotzdem ist dieses Gebäude nicht heruntergewohnt, besitzt ein neues rotes Ziegeldach, sogar einen kleinen Turm mit Wendelgang.

Am Eingang wurde ein Teppich über die Stufen ausgelegt und ich sehe zwei weitere Wagen parken.

»Ein Château?«, frage ich überrumpelt von dem unerwarteten Anblick? Warum nur habe ich ein heruntergekommenes Bauernhaus erwartet, wie man es öfter zwischen anderen eher verarmten Häusern sieht?

»Ein Weingut«, korrigiert er mich.

»Ein was?«

»Du hast schon richtig gehört. Ich habe ein Weingut gekauft, nachdem der Besitzer, diese Pfeife, vor sechs Monaten Insolvenz angemeldet hat. Er hat fast alles neu sanieren und renovieren lassen, bis ihm die Knete ausging. Es wurde vor vier Monaten versteigert. Zu der Zeit, als wir im warmen Miami noch nicht an Kain und Abel gedacht haben.«

»Und das hat dich in Versuchung gebracht, sodass du es sofort kaufen musstest?« Hallo? Es ist ein Haus und kein Angebot von zehn Pack Schokoriegel, bei dem man schnell sein sollte, um ein elftes Pack gratis abzuräumen.

»Sofort würde ich nicht sagen. Aber du kennst mich, ich kann schwer reizvollen Angeboten widerstehen. Und das vor unserer Nase ist reizvoll. Was sagst du?«

Ehrlich gesagt verschlägt es mir etwas die Sprache. Das Gebäude ist viel zu groß für uns. Wer soll das bewirtschaften? Ein Weingut bedeutet ein Unternehmen, bedeutet Mitarbeiter, bedeutet viel Arbeit. Ich weiß ja, dass Law durch und durch ein erfahrener Geschäftsmann ist, aber auch ein Unternehmer in diesem Bereich?

»Du sagst gar nichts«, stellt er fest, kneift in meinen Oberarm und schiebt sein Gesicht über meine Schulter.

»Ich bin bloß …« Wie sage ich es ihm am besten? Rasch drehe ich mich zu ihm um. »Etwas überwältigt. Hast du dir das wirklich reiflich überlegt?«

»Wir ständen nicht hier, wenn ich es mir nicht über Wochen hinweg reichlich überlegt hätte. Mir reicht das Stadtleben, das Reisen, der Stress, der Lärm. Das Appartement können wir behalten. Wenn du das Stadtleben brauchst, deine Familie vermisst, sind wir in etwas über einer Stunde in Paris. Und hier haben wir unsere Ruhe, können das Weingut aufziehen und vielleicht sogar ein Hotel draus machen. Pixy und Trixy hätten es hier sehr gut. Ich bin in einem großen Anwesen auf dem Land groß geworden und sieh, was aus mir geworden ist.« Das sollte ich jetzt besser nicht kommentieren, oder?

Er liebt Herausforderungen. Nur gerade jetzt? »Weingut, Hotel, Landsitz. Das ist schon etwas viel, findest du nicht?«

»Uns hetzt niemand. Aber so sind wir nicht mehr getrennt, du kannst hier in Ruhe deine Romane schreiben, wir ziehen die Kinder stressfrei groß, gehen an den Wochenenden feiern, genießen hier das Leben.«

»Du bist wirklich erwachsen geworden. Das macht mir Angst«, bringe ich amüsiert über die Lippen und stoße ihn an. »Wann ist das denn passiert?«

Schief grinsend hebt er mich an sich hoch und trägt mich zu den Stufen. »Schau es dir von innen an. Das Beste ist im Château zu finden und damit meine ich ausnahmsweise nicht mich. Wir haben im Keller eine eigene Saunalandschaft und einen Swimmingpool.

Und wie ich bereits sagte, das meiste wurde erneuert und renoviert.«

»Und den Rest willst du zu Ende bringen?«

»Wieso nicht? Traust du es mir nicht zu?«

»Doch, sicher. Ich weiß, dass du dich gern körperlich betätigst«, necke ich ihn, streiche über sein Shirt und nicke. »Okay, zeig es mir.«

Denn in seinem Gesicht kann ich ablesen, wie wichtig ihm dieses neue Projekt ist. Ihm scheint es so wichtig zu sein, dass er mir sechs Monate nichts davon erzählt hat, er sich heimlich Gedanken über unsere Zukunft gemacht hat und mich nicht damit überfordern wollte. Und ich doofe Nuss kotze in den ersten Busch vor unserem zukünftigen Zuhause, statt ihm freudig in die Arme zu fallen und »O mein Gott, Schatz, das ist ein Traum!« zu jubeln.

Ein schlechtes Gewissen habe ich deswegen schon. Denn als wir das Château betreten, muss ich Law recht geben, es ist fabelhaft, neu saniert und teilweise möbliert. Man kann sogar noch die frische Farbe an den Decken riechen, an denen moderne Kronleuchter hängen. Ganz anders, als ich es mir vorgestellt habe, wirkt es nicht kalt und düster, sondern hell, etwas klassisch und modern zugleich.

Es ist wirklich wunderschön und sicher unbezahlbar für die meisten Menschen – wie zum Beispiel mich. Stolz zeigt mir Law jeden Raum, erzählt sogar, was wir zukünftig darin machen können. Er führt mich vom Turm in das Kellergewölbe, das mit gedämmtem Licht hinter Salzkristallen eine kleine Wellnessoase beherbergt. Das ist einfach … unglaublich.

Das Poolwasser reflektiert sich an der Decke, es gibt sogar zwei kleinere Whirlpools und eine Dampfsauna. »Hier lassen wir unsere geilen Schaumpartys steigen, was sonst«, lässt er mich wissen. »Und hier lernen Adam und Eva oder Donald und Duck schwimmen.«

»Es ist … der Wahnsinn. Wirklich. Das ist alles so riesig. Denkst du nicht, dass es zu groß für uns ist?«

Neben mir verpasst er mir eine sanfte Kopfnuss. »Für dich ist nicht einmal mein Schwanz zu groß. Also worüber reden wir?«

»Ahr!«, rege ich mich auf und schubse ihn. »Ich meine ja nur. Es ist eine Menge, die wir bewirtschaften müssen, und ich werde sicher alle Hände voll mit den Kindern zu tun haben und meinem Roman, versteht sich.« Ich zwinkere ihm zu, bevor ich am beleuchteten Pool entlanglaufe.

»Du wirst auch alle Hände voll mit mir zu tun haben, Flocke. Aber klar kriegen wir das hin. Nicht allein. Aber mit den passenden Helfern wird das Château ein Hit.«

Am Pool gehe ich in die Knie, tauche die Finger in das glitzernde Wasser und sauge die Atmosphäre ein. »Und du wirst nicht mehr verreisen und mich hier allein warten lassen? Denn mir würde das große Anwesen Angst machen. Allein wäre …«

»Nein, keine Sorge. Ich lass dich hier sicher nicht bei den Poltergeistern zurück.«

Er weiß, dass ich manchmal ein echter Angsthase sein kann.

»Sicher?«

»Ganz sicher. Ich habe meine drei Clubs, die ich gelegentlich besuche, und dann das Château.«

»Das kostet sicher ein Vermögen«, murmele ich. Hinter mir greift er nach meinen Armen und hebt mich in den Stand.

»Lass mich das regeln. Wenn es dir wirklich nicht gefallen sollte, können wir jederzeit nach Paris zurückziehen.«

»Nein, mir gefällt es, wirklich.« Ich sollte nur vorher zusehen, dass ich mein Studium geregelt bekomme.

»Wann willst du einziehen?« Vor ihm drehe ich mich um.

»Wenn du bereit bist. Meinetwegen sofort. Wenn du willst, auch erst in zwei Monaten. Ich richte mich nach dir.« Zärtlich streichelt er über meinen Unterkiefer, umfasst meinen Hals und senkt sein Gesicht zu mir herab.

»Okay. Ich habe eine Idee«, antworte ich mit einem Leuchten in den Augen.

»Du willst hier das Haus einvögeln? Ich bin sofort dabei.«

»Halt, Stopp. Nein, nicht ganz«, antworte ich schmunzelnd und schiebe meine Hände unter seinen Hosenbund unterhalb seines Rückens.

»Wir bleiben eine Nacht hier.«

»Und vögeln es doch ein?« Mit einem durchtriebenen Blick hebt er die linke Braue, zieht mich besitzergreifend an der Hüfte zu sich und legt seine Lippen auf meine. »Dein Vorschlag gefällt mir wesentlich besser«, haucht er vor meinem Mund, küsst mich hungrig und hält mich in seinen Armen gefangen.

KAPITEL 13
Jade

23. WOCHE

Mittlerweile habe ich insgesamt stolze zehn Kilo zugenommen und nun beginnt der sechste Schwangerschaftsmonat. Während mich seit einigen Wochen die Babys nachts wecken, während ich zur Ruhe komme, und in meinem Bauch eine Party feiern, spüre ich allmählich leichte Rückenschmerzen. Ich kann nicht mehr ganz so lange Strecken laufen, nicht mehr so oft stehen, nicht mehr so viel heben. Ich bin zum kurzatmigen, kettenrauchenden Rentner mutiert.

Und die Kugel wächst und gedeiht, was Law mit Polaroidfotos jeden Morgen dokumentiert und im Schlafzimmer an einer Wand verewigt. Mittlerweile sind wir ins Château umgezogen. Es hat sich einiges geändert.

Mir ist es gelungen, einige Studentinnen ausfindig zu machen und mich mit ihnen zu treffen, die ebenfalls von Durand sexuell belästigt wurden und noch werden.

Zusammen mit ihnen habe ich einen Artikel und Brief verfasst und ihn an den Dekan weitergeleitet. Zwar wollte Law unbedingt selbst mit dem Dekan sprechen, der Durand feuern soll, aber ich brauche Durand noch. Er soll meine Arbeit abnehmen, sie prüfen und mich nicht länger hinhalten. Lässt er mich absichtlich durchfallen, habe ich immer noch die Aussagen der anderen Studentinnen. Und das weiß er.

Somit ist mein Studium so gut wie beendet. Das Ergebnis meiner Abschlussarbeit werde ich in einem Monat erhalten, meine Prüfungen habe ich alle bestanden. Somit besitze ich bald meinen Master of Science in Linguistik.

Das Beste daran ist, dass ich meinen Kopf für andere Dinge frei habe, wie der Geburt. Denn in drei Monaten ist es so weit, und gottverdammt, es wäre gelogen, wenn ich sagen würde, ich hätte keine Panik. Und allmählich stecke ich Lawrence mit dieser Panik an.

Er achtet auf meine Nahrungsergänzungsmittel, passt auf, dass ich genug trinke, auch ordentlich esse. Er kam zweimal zur Geburtsvorbereitung mit, bis ihm das Beckenbodentraining zu dumm war, er den Ball in die Ecke kickte und er bloß noch zusah. Natürlich konnte er sich sein frivoles Grinsen nicht verkneifen. Beim Wickelkurs hat er sich sogar besser als ich angestellt.

Wir haben bereits eine Anzeige für Nannys aufgegeben. Law will unbedingt eine einstellen, die mich rund um die Uhr entlastet. Im Château habe ich mich noch nicht wirklich eingelebt. Es ist einfach riesig. Zwar kommen immer wieder Menschen vorbei, Gärtner, Außenanlagenbauer, irgendwelche Partner, mit denen Law etwas vereinbart hat, trotzdem ist es eine komplett andere Welt für mich.

Der Umzug fand zur Hälfte statt. Die wichtigsten Sachen haben wir herbringen lassen, ein Teil bleibt in Paris. Momentan ist alles aufregend und doch voller Veränderungen.

Aber das Schlafzimmer ist wunderschön, von dem aus wir morgens eine weite Aussicht auf einen wundervollen Garten haben. Ein Garten, der bereits in Kirschblüte steht.

»Nach der 26. Schwangerschaftswoche sind beide schon äußerlich wie normale Babys. Sie müssen nur noch an Speck zunehmen«, lese ich im Bett und blättere die Seite des Babymagazins um.

»Witzig. Dabei isst du schon wie eine Verrückte. Zeig mal her.« Law nimmt mir den Ratgeber ab. »Wenn Ihre Kinder vor der vierundzwanzigsten Woche geboren werden, hätten sie bloß eine zehnprozentige Überlebenschance, trotz intensiver Behandlung.«

»Ah, hör auf, das zu lesen, das überfliege ich immer, weil ich Angst habe, es könnte eintreffen.« Rasch reiße ich ihm das Magazin aus den Händen, das er nicht freigibt.

»Ich will es aber wissen. Und hier steht es auch. Ab der sechsundzwanzigsten Schwangerschaftswoche wächst die Überlebenschance. Ab der zweiunddreißigsten SSW sollte es kein Problem sein, dass die Kinder überleben, falls sie sich ordentlich entwickelt haben. – Oh, und wie prächtig sich die beiden Racker entwickelt haben.« Im Bett dreht er sich zu mir und streichelt demonstrativ über meinen Bauch. »Noch neun Wochen, Jungs, dann dürft ihr anklopfen. Solange bleibt ihr dort drin und die Tür verschlossen.«

»Zu schade, dass du sie nicht in mir fixieren kannst wie mich.«

»Dafür wissen sie, was zu tun ist. Sie wollen noch gar nicht raus. Ihnen gefällt es viel zu sehr, in dir zu sein. Das Gefühl kenne ich.« *Ah, dieser Idiot!*

»Ach, das weißt du?«, frage ich, rutsche ein Stück im Bett höher und keuche, da sich einer der beiden bewegt.

»Ich weiß es, ja. Und sie auch. Er gibt mir bereits High-Five. Wir verstehen uns, mein Junge.«

»Er könnte dir auch gerade einen Fußtritt verpassen oder dir seinen kleinen Hintern zeigen«, verarsche ich ihn, umfasse meinen Bauch und finde es jedes Mal bizarr, wie sie sich bewegen und sich meine Bauchdecke verschiebt. Es sieht unheimlich aus, und trotzdem ist es ein Zeichen, dass sie leben, es ihnen gut geht.

»Nein, hast du eine Ahnung. Das war eine Faust, richtig? Auf dich kleinen Mann habe ich hohe Wetten abgeschlossen, du lässt mich jetzt nicht hängen.« Und wieder spüre ich einen Tritt und eine Beule zeichnet sich auf meinem Bauch ab. »Hast du es gesehen? Du bist der Knaller, Junge. Wir sollten endlich einen schönen Namen für dich finden. Wie wäre es mit Casanova?« Sanft streichelt er über die Beule, als könnte er seine kleine Hand spüren, die nur von meiner Bauchdecke getrennt ist.

»Casanova? Echt jetzt?« Ich lege das Magazin zur Seite. »Er wird Tristan heißen, äh, wenn es ein Junge wird.«

»Trissi? Die ganzen Mädels werden ihn so nennen. Nein, der Name ist uncool. Du wirst ein Alexander. Wie Alexander der Große. Wir wissen beide, was groß an dir sein wird. Meine Gene und die Schönheit deiner Mutter und die Frauenwelt wird deinen großen –«.

»Law!«

»Was? Er versteht das noch gar nicht.«

»Aber ich. Ich will nicht über seinen kleinen –«.

»Später großen«, korrigiert er mich stolz grinsend.

»Ja, nein.«

»Du bist trotzdem ein Alexander. Ein schöner starker Name. Ob groß oder nicht, werden wir sehen.« Wie sein kostbarstes Juwel streichelt er über meinen Bauch. »Und meinen zweiten Erben nennen wir Oscar oder Aaron.«

»Auf gar keinen Fall«, gehe ich dazwischen, als hätte er bereits einen Pakt mit den beiden Kindern abgeschlossen. Träge rutsche ich von ihm weg. »Oscar hieß mein Opa, der ständig Hämorrhoiden hatte.«

Lawrence schnaubt spöttisch. »Okay, dann wirst du ein Maximilian. Du weißt schon, Maximus bedeutet ebenfalls groß. Also Alexander und Maximilian.«

Skeptisch verziehe ich das Gesicht. »Wenn es zwei Jungs werden, heißen sie Jonah und Milo. Das steht fest. Ende.« Entschieden verschränke ich die Arme über dem Bauch und lächele ihm zuckersüß entgegen, während seine Gesichtszüge ins Wanken geraten.

»Was für Puppennamen. Jetzt mal im Ernst, so kannst du deine Zwergkaninchen taufen, aber nicht unsere Kinder.«

»Jonah, komm schon, Löwe. Der Name ist süß.« Verträumt blinzele ich ihm entgegen.

»Ja, genau, er ist süß. Der kleine Jonah möchte aus dem Småland abgeholt werden. Das werden alle sagen. Der Kleine. Er ist nicht klein.«

»Aber süß«, bleibe ich bei meiner Meinung.

Law schenkt mir einen Blick, als würde ich komplett neben der Spur laufen. »Und Milo?«, will ich wissen.

»Nope. So kannst du eine Katze nennen. Das wird ein Alexander, Ende. Wenn es Mädchen werden, heißen sie …«

»Allegra«, werfe ich sofort ein und recke das Kinn vor. Er scheint zu überlegen. »Der Name steht schon so gut wie fest. Das habe ich mit Paul besprochen.«

»Seit wann wird er miteinbezogen? Wird er auch die Entbindung durchführen, während ich vor der Tür warten muss?« Okay, ich hätte Law eher davon erzählen sollen, aber wollte nichts verraten.

»Ist da jemand eifersüchtig?« Frech schnippe ich gegen seine Nase.

»Allerdings«, antwortet er schnaubend, streckt sich neben mir aus und schielt in meine Richtung. »Er ist der Einzige, der deine Pussy vor mir anfassen durfte und dich auch jetzt noch begrabbeln darf. Natürlich bin ich eifersüchtig.«

»Er ist Arzt.«

»Genau das ist ja das Problem. Er darf es auch noch und hat eine Zulassung dafür. Jeden Tag Frauen untersuchen, wo andere Männer nie hinkommen. Meinetwegen Allegra. Der Name fetzt. Und wenn noch ein Mädchen schlüpft, wird sie Mila heißen.«

»Milo geht nicht, aber Mila?« *Will er mich auf den Arm nehmen?* Nachdenklich runzele ich die Stirn.

»Es ist ein Mädchen, das ist etwas komplett anderes«, antwortet er wie selbstverständlich, als stände ich auf dem Schlauch.

»Du hast dir den Namen doch gerade erst ausgedacht, weil du immer von zwei Jungen ausgehst.«

»Ich bin mit Brüdern groß geworden. Ich weiß einfach, dass es wieder zwei Deppen werden, klar? Das sind die starken Chevaliergene.«

»Ich bin auch mit zwei Brüdern groß geworden und bin auch ein Mädchen geworden. Du hast eine komische Logik.« Ich kichere, ziehe das T-Shirt über meinen Bauch und schalte das Licht aus. Da ich seit einigen Wochen nur noch auf der Seite oder dem Rücken schlafen kann, fehlt mir meine fläzige Bauchlage. Law zieht mich an seine warme Brust, trotz Abstandhalter. Mittlerweile schläft er meistens hinter mir, da der Bauch leider stört. Aber schon bald wird sich alles ändern. Dann schlafen zwei Babys bei uns im Bett.

»Am meisten würde ich mich über einen Jungen und ein Mädchen freuen. Ich bin nie mit Frauen groß geworden. Bis auf meine Mutter gab es nur nervige Cousinen, die alle verhätschelt wurden. Sie zu verarschen, hat schon Spaß gemacht. Unsere Mädels werden cool und steigen nicht sofort aus dem Slip, sobald ein Aufreißer einen lockeren Spruch reißt.«

»Das erklärt, warum du so geworden bist«, kann ich mir meinen Scherz nicht verkneifen.

»Da will jemand noch mal durchgevögelt werden, oder?«

Provokant hebe ich eine Braue, bevor ich mein Kinn auf seine Brust aufstütze und zu ihm aufschaue.

»Nein … Morgen. Es steckt bereits schon ziemlich viel von dir in mir.«

»Mein Schwanz passt immer noch …«

»Ich weiß, aber ich bin gerade ziemlich müde.« Und ehrlich gesagt habe ich immer mehr Angst, dass ich ihm in den nächsten Wochen nicht mehr das geben kann, was er braucht. Sechs Wochen keinen Sex nach der Geburt. Vor der Geburt wird sicher auch anstrengend. »Law?«

»Hm?«, stöhnt er mit halb geschlossenen Augen.

»Was machen wir in der sexfreien Zeit?«

»Was für eine Frage? Uns scharf machen, bis wir wieder übereinander herfallen dürfen. Machst du dir jetzt schon Gedanken darüber?«

»Sicher. Ich weiß, wie du bist.«

»Unersättlich nach dir«, wirft er sofort ein, legt sein Kinn auf meinem Haaransatz ab und streichelt über meine Schulter. »Das ist ein absoluter Ausnahmezustand. Ich werde nicht an Sexlosigkeit sterben«, verspricht er mir ernsthaft.

»Den Begriff gibt es gar nicht«, antworte ich müde und gähne an seiner Brust.

»In meiner Welt schon. Ich finde einen Weg, mach dir keine Gedanken. Ich mach mir eher Sorgen, wie du es wegsteckst. Und damit meine ich jetzt nicht meinen Schwanz.«

Einen Moment kehrt Ruhe ein. »Ich schaff das schon. Es haben so viele vor mir Zwillinge bekommen.«

Ich lausche seiner rauen, tiefen Stimme. »Ich mute dir echt viel zu.«

»Sag nicht, du bekommst jetzt Fracksausen?«

»Niemals, für welch ein Weichei hältst du mich?« *Für keines.* Wirklich nicht, aber ich spüre, dass ihn Woche um Woche etwas beschäftigt.

»Was ist es dann?«

»Ich habe Scheißangst, dass was schiefgeht, Jade. Du krank wirst, stirbst oder den beiden was passiert.« Ihn diese Worte aussprechen zu hören, ergreift mein Herz. Ich lächele, als ich das Gesicht hebe und meine Hand auf seine Wange lege. Mittlerweile ist sein Bart länger, er sieht gepflegt und verdammt sexy aus.

»Mir passiert nichts. Du bist da«, beruhige ich ihn. »Wir schaffen das.«

Er erwidert mein Lächeln, bevor er mich küsst und sich unsere Zungen zu einem sinnlichen Kuss verschmelzen. Ich kann sie spüren, seine Ängste, Sorgen und Gedanken. Dennoch weiß ich, es wird alles gut laufen.

Es muss.

KAPITEL 14

Lawrence

ENDE MAI
26. WOCHE

Wenn ich ehrlich bin, wird es mit jedem Tag ernster. Ich habe kein Problem, ein millionenteures Objekt zu kaufen und das Risiko zu tragen, dass ich es vergeigen könnte, aber verdammte Angst, dass irgendwelche Komplikationen während der Schwangerschaft oder Geburt auftreten könnten. Und diese Gedanken hören nicht auf. Sie kreisen wie ein unheilvoller Schatten durch mein Hirn.

Es mag sich bescheuert anhören, aber ich habe dran Schuld, wenn meiner Flocke was passiert. Warum habe ich nicht aufgepasst, dass sie ihre Pille nimmt? Es jetzt zu bereuen, dafür ist es längst zu spät. Ich bereue es auch nicht, es macht mir nur Angst. Ich war nie ein

Schisser. Wirklich nicht. Aber sie zu verlieren, wäre das Schlimmste, was passieren könnte.

Sie ist noch im sechsten Monat, der Monat, in dem wir einen Trip nach L. A. machen, weil sie Ray und Marlon besuchen will. Und ich meine zwei Jungs zu meinen Taufpaten ernennen werde, ist doch logo.

Allerdings wirkt Raymond etwas angefressen. Ich weiß ja, dass ihn und Jade eine gewisse Zeit verbindet, trotzdem wollte Jade vorerst nicht alle einweihen. Erst ab Ende des fünften Monats. Elyna, das verrückte Huhn, war komplett aus dem Häuschen, Drake fragte fünfmal, ob ich auf einem Trip unterwegs sei, und wollte einen Drogenscreen. Er konnte nicht glauben, dass ich Vater werde. Ray war zuerst verärgert, aber jetzt freut er sich. Marlon hat am Telefon meine Neuigkeit gefeiert.

Und nun sitzen wir zu viert auf zwei Plätzen im Flieger Richtung Amerika. Jade wollte diesen Trip unbedingt. Und nur aus dem beknackten Grund, weil sie mir im Dezember die Miamireise vermasselt hat. Solch ein Blödsinn. Ihr Prof, dieser miese Wichser, hat unsere Reise vermasselt. Niemand anderes.

Aber gut. Gleich landen wir in Los Angeles und chillen die Tage in der heißen Sonne Amerikas. Außerdem werden wir hier auch Maron und Gideon einen netten Besuch auf ihrem Frachter abstatten. Wovon mein Flöckchen noch nichts weiß.

Als wir landen, wecke ich sie mit einem Kuss auf die Stirn.

»Aufwachen, Prinzessin, wir landen gleich. Nicht dass die Fracht ungesichert ins Rollen kommt«, scherze ich und tätschele ihren Bauch. Es ist wie eine Sucht oder ein Zwang, ich muss ständig ihren Bauch anfassen. Früher waren es die Brüste oder ihr geiler Arsch – der immer noch geil ist, keine Frage, jetzt kommt ihr Bauch dazu. Warum habe ich nicht drei Hände?

»Sind wir schon da?«, murmelt sie verschlafen.

»Ne, wir sind noch gar nicht gestartet«, verarsche ich sie, lege den Gurt um ihr Kleid und nehme ihr das iPad aus den Händen. Eine hübsche Stewardess wackelt auf Heels an uns vorbei, die uns diesen Ach-ist-das-süß-Blick schenkt. Bevor sie auf blöde Ideen kommt und fragt, wann die Fruchtblase platzt, schenke ich ihr einen Zieh-Leine-Blick.

Jade wird allmählich wach. Sie pennt mittlerweile sehr oft. Aber es wird seine Richtigkeit haben. Ich bin heilfroh, dass ihr unser neues Zuhause gefällt. Jetzt sollten unsere Monster heil auf die Welt purzeln und nichts steht uns mehr im Wege.

»Ich kann es kaum erwarten, die anderen zu treffen«, sagt Jade neben mir, als ich den Wagen mit dem Gepäck Richtung Ausgang schiebe und sie am Strohhalm einen Smoothie nuckelt. Jeder glotzt Jade an und erwartet jede Sekunde eine Explosion.

»Sie werden sicher von den Socken sein, wenn sie dich sehen.«

»Oder glauben, im falschen Film zu sein. Law?«, fragt sie, als wir unseren Chauffeur gefunden haben, der unser Gepäck in den Kofferraum verlädt.

»Was gibts, Häschen?«

»Ich habe eine Idee.«

»Die hatte ich die gesamte Zeit während des Flugs«, kontere ich, woraufhin sie stutzt. In der heißen Sonne L. A.s nehme ich ihr Basecap aus der großen Handtasche und setze es ihr auf. »Schieß los. Hat es etwas mit Ausziehen zu tun?«

»Nein, schieß du los«, besteht sie, greift nach meinen Händen und umfasst sie. Wenn ich jetzt loslasse, dass ich an Sex dachte, wird sie mir an die Gurgel gehen.

»Okay, ich dachte, wir könnten unter Umständen …« *Scheiße, wie komme ich aus der Nummer raus?* »In …«

»Einen Sexshop fahren?«, erkundigt sie sich. »Nachtclub? Ray fragen, ob er Lust auf einen Dreier hätte?«

»Meine Fresse, hast du perverse Gedanken, mein Sonnenschein. Nein, sag du, was du wolltest.«

»Ich habe mir überlegt, ein Tattoo machen zu lassen«, lässt sie den Brüller mitten in Los Angeles raus. Ich habe mich wohl verhört.

»Echt jetzt? Wann?«, frage ich, deute auf die Rückbank des Wagens, bevor sie in der Sonne schmilzt.

»Na, hier in L. A.«

»Schwanger oder wie?«, hake ich nach, rutsche zu ihr auf die Bank und umfasse ihr Gesicht. »Bist du sicher, dass du während des Fluges genug Sauerstoff eingeatmet hast?«

»Wieso nicht?«, fragt sie schulterzuckend und nimmt wieder einen Schluck von ihrem gelben Getränk. »Ich möchte meine Sprüche auffrischen.«

»Schwanger?«

»Ja. Das hast du bereits gefragt.«

»Ich hake lieber öfter nach. Meine Antwort lautet: Kommt nicht infrage.«

»Wieso nicht?« Angefressen nimmt sie das Basecap von ihrem zusammengebundenen Haar und schiebt die Sonnenbrille hoch.

»Weil ich es sage? Das genügt doch. Als dein Ehemann verbiete ich dir diesen Blödsinn.«

»Okay«, antwortet sie schließlich eingeschnappt, dreht sich von mir weg und schaut aus dem Fenster. Ich mag es, wenn sie rumzickt, dann wird der Sex umso versauter. Wobei sie Angst hat, dass sie mich nicht mehr befriedigen kann. Wenn es einer konnte, dann sie. Dass sie voll besetzt ist, bedeutet noch lange nicht, dass nichts mehr gehen muss. Und wenn sie nicht will, kann oder zu müde ist, werde ich sicher nicht den nächsten Puff aufsuchen. Schließlich ist sie die einzige Frau, die mir Kinder schenkt. Und das im Doppelpack. Was wäre ich für ein rücksichtsloser Penner, wenn ich sie sitzen lassen würde. Denn das ist aktuell ihre größte Angst.

»Jade?«, erkundige ich mich, als der Fahrer den Motor startet und uns zum Anwesen ans Meer fährt.

»Ich rede nicht mehr mit dir.« Diese kleine Heulsuse.

»Das schaffst du gar nicht.«

»Wetten?«, bringt sie so überzeugt wie möglich über die Lippen.

»Die Wette hast du bereits verloren. Aber gut, ich geb dir eine Chance, dein Schweigegelübde durchzuhalten.« Bis ich sie zum Schreien bringe. Und ich weiß auch schon wie.

»Warum nimmst du mich nicht ernst?«

»Weil deine Tattooidee Schwachsinn ist. Zieh es durch, wenn Alexander und Maximus auf der Welt sind, hack dich zu, bis der Arzt kommt. Zuvor kommt der Arzt nur, um beiden auf die Welt zu helfen.«

Niedlich rümpft sie ihre Nase, würde mir am liebsten Kontra geben, aber kneift nur in mein linkes nacktes Knie. *Ja, zeig deine Krallen, ich werde dich beißen, wenn es so weit ist.*

Egal, wie oft ich sie während der Fahrt in ein Gespräch verwickeln will, sie bleibt stur. Süß. Da wir erst morgen Marlon und Raymond besuchen werden, haben wir den kompletten Tag für uns. Und es ist erst zehn Uhr morgens im wundervollen L. A.

Beim Anwesen angekommen, kann sich Jade ihr hübsches Lächeln doch nicht verkneifen. Ich wusste, ihr gefällt es. Nachdem ich den Fahrer bezahlt habe, er das Gepäck zu einer Haushälterin bringt, schnappe ich Jade auf der Zufahrt und hebe sie auf die Arme.

»Genug geschmollt.«

»Ich habe überhaupt nicht geschmollt.«

»Ach nein? Dann leidest du unter Verstopfung. Oder warum hast du dieses Gesicht gemacht?« Absichtlich mache ich ein Gesicht, bei dem mein Gesicht rot anläuft, meine Augen hervortreten, und halte die Luft an.

»Ah, du bist so ein Vollhonk!«

»Und noch mit ihm verheiratet. Du tust mir echt leid, Flocke. Aber so richtig, wenn ich dich zum Betteln gebracht habe.«

Auf meinen Armen schlingt sie die Hände um meinen Hals, fummelt wieder in meinen Haaren herum und lächelt. »Betteln, ja? Vielleicht wirst du betteln, wenn ich deinen versprochenen Blowjob nicht nachhole.«

»Den wirst du freiwillig machen, glaub mir mal.« Etwas perplex schaut sie zu mir auf, sieht die hohen Palmen, die blühenden Hibiskus- und Oleandersträucher.

»Ähm, der Eingang war, glaube ich, dort«, stellt sie fest, löst ihren linken Arm von mir und deutet an der Hausfront vorbei zum Eingang.

»Interessiert mich das?«

»Mich schon.« Und ehe sie es checkt, beschleunige ich die letzten zwei Schritte und springe mit ihr in den Pool.

»Bist du …«

Was ich auch bin, werden wir wohl nie erfahren, da über uns die Wassermassen zusammenschwappen. Ich halte sie die gesamte Zeit fest in den Armen, damit sie sich nicht verletzt, und tauche mit ihr auf.

»Geil!«, stoße ich hervor und schüttele meinen Kopf.

Sie löst ihre Hände von mir und streicht Strähnen aus ihrem nassen Gesicht. »Ein Tattoo lässt du nicht zu, aber springst mit mir in den Pool?«

»O ja. Weil ich diesen Blick von dir endlich vertreiben will.« Langsam setze ich sie auf dem Fliesenboden des Pools ab, bevor ich mir die Umgebung ansehe. Perfekt. Hier werden wir eine geile Zeit haben. Wenn meine Brüder mit ihren Frauen auftauchen, können wir meinetwegen für immer an diesem Ort bleiben.

Langsam treibe ich sie rückwärts wie meine Beute zum Poolrand.

»Welchen Blick?«

»Welchen wohl? Diesen Er-schaut-schon-die-gesamte-Zeit-einer-anderen-Frau-hinterher-Blick. Oder dieser Ich-bin-fett-Blick. Scheiße, Kleines, mich stört dein Bauch nicht, wenn mein Schwanz deine Pussy liebt.«

Mit beiden Händen umfasse ich ihr Gesicht, bevor ich den Kopf senke und sie bedingungslos küsse. Und diese Sorte Kuss gehört nicht zur Softkuschelversion. Gierig umkreisen sich unsere Zungen, begleitet von

Bissen und anzüglichem Saugen an der Unterlippe. »Fuck, ich will dich wie früher und wie nach der Geburt, verstanden?«

Sie nickt, greift nach meinem Poloshirt und zieht es über meinen Kopf. Wenn das Personal Bock auf einen Schwangerenporno hat, kann es gern zuschauen. Ich wette, die Rollos wurden nicht umsonst zugezogen.

Nachdem ich ihr helfe, mein Shirt ausziehe, befreie ich sie von ihrem Kleid und Slip. Scheiße, mein Schwanz wird sofort hart. Allein wenn ich ihre geilen Brüste sehe, werde ich scharf. In einer Poolecke, die von Sträuchern umgeben ist, drehe ich sie vor mir zum Wannenrand, damit sie sich abstützen kann, gleite mit den Fingern zwischen ihre Schamlippen und streichele ihre Perle.

»Bereit, vom einzig waren Gott gevögelt zu werden?«, frage ich sie. Denn, fuck, mein Schwanz ist bereits in Sekunden hart, meine Gier nach ihr unermesslich und mein Hunger kaum zu stillen. Sinnlich lecke ich über ihre Schulter, umfasse ihre rechte Pobacke und schiebe ihre Füße etwas auseinander. Bereitwillig bietet sie mir ihren heißen Arsch an.

»Und wie bereit.«

»So gefällst du mir«, knurre ich in ihr Ohr, umfasse von hinten ihren Hals und schiebe mit der anderen meinen prallen Schwanz langsam in ihre enge Pussy.

»Wenn es schiefgeht, wird es eine Wassergeburt«, kann ich mir meinen Spruch nicht verkneifen.

»Wird nicht schiefgehen …«, keucht sie. Kaum ist meine Härte in ihr, was sich dermaßen geil anfühlt, kommt ein wildes Stöhnen über ihre Lippen. »Halt dich nicht zurück.«

»Habe ich das je getan?«

Sie schüttelt kichernd den Kopf. Mit langsamen Stößen dringe ich tiefer in sie, nehme mir meine kleine Frau und ficke sie in den Sommerurlaub, den sie verdient hat. Sie keucht, schließt die Augen und genießt jeden Stoß.

»Du bist der geilste Mann der Welt.«

»Und du die geilste Frau«, sage ich abgehackt, umfasse ihre linke Brust und reibe mit der anderen Hand ihre Perle. »In wenigen Wochen kannst du wieder zeigen, wie du die Führung übernimmst.« Was ihr bisher kein einziges Mal gelungen ist. Sie versuchte es immer wieder, aber ohne Marons oder Dorians Hilfe bringt mich keiner zum Heulen oder spankt meinen Arsch. No way.

Aber sie im Glauben zu lassen, dass es ihr irgendwann gelingen wird, gefällt mir. Genauso sehr wie ihr heißer Körper. Von hinten sieht sie immer noch schlank und wunderschön aus. *Und sie gehört mir.*

Mit schneller werdenden Stößen umkreise ich ihre Klit. Sie wirkt vollkommen überreizt und kommt jeden Moment zum Höhepunkt. »Heute Abend haben wir den geilsten Analsex der Welt, meine Schönheit.«

Sie nickt ergeben, bis ihre Finger die Poolkante fester umklammern, sodass ihre Knöchel weiß hervortreten und sie laut stöhnt. Ich halte ihr schnell den Mund zu, damit wir das Personal nicht noch neugieriger machen. Vollkommen in Ekstase, wie ich es liebe, beißt sie in meine Hand, bis ich schneller werde, aber sie nicht zu tief nehme. Denn verdammt, es wäre gelogen, wenn ich keine Angst hätte, sie zu hart oder tief zu vögeln.

Kurz nachdem sie gekommen ist, pulsiert mein Schwanz, schwappt das gesamte Verlangen nach ihr über, und ich komme hart in ihr. Mein Sperma pumpt in ihre feuchte Pussy, meine Hoden ziehen sich zusammen, bis ich die Hand von ihren Lippen nehme und ihr ins Ohr flüstere: »Du bist immer noch zum Vögeln schön. Vergiss das nicht.«

Ein zartes Lächeln kommt über ihre Lippen, bevor sie den Kopf gegen meine Brust rollt und erschöpft die Augen schließt.

KAPITEL 15
Jade

ANFANG AUGUST
35. WOCHE

»Sei vorsichtig.«

»Bin ich das nicht immer?«, erkundigt sich Law. Maron schmunzelt, bevor sie ihm einen Klaps auf die Schulter gibt.

»Lawrence schaukelt das Kind schon.« Sie amüsiert sich köstlich über meinen Gott, der alle Hände voll zu tun hat.

»Pfoten weg, Kätzchen, oder ich beiße.«

»Das will ich sehen.« Sie lacht. »Lass dir helfen.« In ihrem schicken Etuikleid streckt sie die Hände nach Law aus, um ihm zur Hand zu gehen.

»Nein, pass eher auf, dass meine Frau nicht stürzt. Darin ist sie eine Weltmeisterin.« Law dreht den Kopf mit dem Stapel Babywindeln, Badewanne, Teddybär, drei Einkaufstüten und Babyschalen zu mir. Es sieht wirklich gefährlich aus, was er macht. Ich hingegen schiebe nur den Kinderwagen der Zwillinge.

»Ich stürze nicht. Ich hab ja etwas, woran ich mich festhalten kann«, versichere ich ihm. Trotzdem tritt Gideon an meine Seite, der mir seinen Arm anbietet.

»Nur für Notfälle, bevor Lawrence selbst stürzt und ihr hier einen bühnenreifen Auftritt hinlegt. Hinterher müssen wir euch im Kinderwagen rausfahren.« Er grinst über die Vorstellung, während ich die Augen verdrehe. Maron nimmt Lawrence die zwei Babyschalen ab, während Jane und Dorian hinter uns Wickelauflage, Decken, Bettbezug, Matratze und Spielzeug hinterhertragen.

»Warum brauchen Kinder so viel Zeug?«, beschwert sich Law. »In deinem Bauch kommen sie auch mit dem Nötigsten zurecht.«

»Der Clou ist, du hast gleich zwei in Auftrag gegeben. Was soll Jade sagen? Sie hat die meiste Last. Gib mal her.« Maron will Law einen Beutel abnehmen, der stur wie ein Esel um sie herumtänzelnd durch die Schiebetüren der Mall spaziert.

»Mit den hohen Hacken legst du dich selbst noch hin. Vergiss es, Mieze. Ich komme klar.«

»Ich mag deine fürsorgliche Art«, antwortet Maron, die Law anstößt, der gefährlich ins Schwitzen gerät.

»Ja, ja, wir wissen beide, wie sehr.« Als wir über den Parkplatz laufen, uns wie immer Leute merkwürdig anstarren, was ich amüsant finde, erreichen wir den Van, den Law vom ZigZag ausgeliehen hat.

»Alter Falter. Musste es so viel Trödel sein?«, beschwert sich Law, nachdem Gideon die Heckklappe geöffnet hat.

»Sicher musste es so viel sein. Du wolltest den ganzen Kuschelpark.«

»Weil sie es schön haben sollen«, höre ich meinen Mann antworten und kann mir mein Lächeln kaum verkneifen.

»Oh, Law bekommt Vatergefühle«, sagt Jane hinter uns, die ihre Tüten Gideon reicht, der alles akkurat verstaut.

»Setz dich am besten in den Wagen, wir machen das.« Gideon umfasst meine Schultern und dirigiert mich zur aufgeschobenen Tür.

»Okay, wenn ihr meint.« Momentan steht die Welt etwas kopf. Während ich die Ruhe selbst bin, spielen die anderen verrückt, hofieren mich, fragen immer, wie es mir geht, und sind aufgeregt, als würden sie jeden Moment zwei kleine Menschen auf die Welt loslassen. Ich hingegen freue mich bloß auf die Geburt und glaube nicht, dass irgendwas schiefgehen wird. Als ich im Van sitze, verstauen die Chevaliers das Gepäck. Vielleicht sind sie auch nur deshalb so nervös, weil Law endlich die Bombe vor seinem Vater platzen lassen wird. Das wird ein Spaß.

Mit Lawrence' Vater bin ich bisher nicht so richtig warm geworden, trotzdem soll er endlich von seinen zwei Enkelkindern erfahren, die in circa vier Wochen auf die Welt kommen.

Während ich nur noch liegend zu gebrauchen bin, erledigen die anderen alles für mich. Dabei bin ich bloß schwanger und nicht krank.

»Fertig. Ich würde sagen, wir haben alles.« Mit Schwung schließt Gideon die Heckklappe.

»Ach, nein, der Kinderwagen steht ja noch hier«, stellt Law fest. »Wo soll der jetzt noch hin?«

»Den nehmen wir mit«, sagt Gideon. Ich drehe mich zu ihnen um und sehe Gideon mit Lawrence über einen Babywagen diskutieren.

»In deinen Maserati. Bist du bekloppt?«

»Der ist zusammenklappbar. Jetzt lass mich das machen. Es ist unser Geschenk.«

»Ich kann selbst zehntausend Kinderwagen kaufen.«

»Law!«, rufe ich ihn.

»Ach, scheiße, behalt den Kinderwagen.« Verärgert stößt Law den Kinderwagen in Gideons Richtung.

»Beruhig dich mal wieder. Wir reden später.« Gideon klopft Law auf die Schulter, bevor er den Kinderwagen mit diesem gewieften Blick ohne Weiteres zusammenklappt, auf die Schulter hebt und sportlich im Anzug zu seinem Maserati trägt.

»Angeber«, murrt Lawrence, steigt neben mir ein, während Jane und Dorian vorn Platz nehmen.

»Dich so zu erleben, Law …«, beginnt Dorian mit diesem versteckten Grinsen, das seine blauen Augen zum Leuchten bringt. »Hast du den Entbindungskurs nicht mitgemacht?«

»Wieso? Sollte ich? Wie ich dich kenne, hast du dich als Erster eingetragen.«

»Hat er auch«, antwortet Jane kichernd. »Du solltest mal tief durchatmen, Law. Du hilfst Jade nicht, wenn du komplett durchdrehst.«

»Da hat sie recht«, stimme ich ihr zu. »Bleib cool.«

»Du platzt bald und ich soll cool bleiben?«

Zu dritt nicken wir, bis Dorian den Motor startet. »Dann fahren wir euch mal nach Hause in euer Schloss.«

Entspannt lehne ich mich auf der Rückbank zurück, massiere Lawrence' Nacken und muss lachen. Ich will mir besser nicht ausmalen, wie die Geburt verlaufen wird.

Entweder ist er wegen der Geburt so nervös oder weil sein Vater heute von den Zwillingen erfahren wird.

Zumindest fällt mir ein Stein vom Herzen. Wir können schon morgen gemütlich das Kinderzimmer einrichten, haben an alles gedacht und sind so gut wie geburtsklar.

Die nächsten Tage wollen alle Chevaliers im Château bleiben. Law hat sie eingeladen oder braucht sie wohl eher als moralische Unterstützung. Zumindest rechne ich es Maron, Gideon, Dorian und Jane hoch an, dass sie bleiben wollen. Es ist bereits Ende August, endlos heiß. Obwohl wir in L. A. ein paar heiße schöne Tage verbracht haben, merke ich doch, wie mir die Hitze zusetzt. Meine Eltern werden heute Abend auch anwesend sein, was mich nicht im Geringsten nervös werden lässt.

In einem schwarzen Stretchkleid, das meinen mächtigen Bauch und meine Brüste in Honigmelonengröße betont, flachen Sandalen und geflochtenem Haar warte ich auf dem Sessel im Badezimmer nur auf Law. Er rasiert sich, kämt sein Haar zurück und gibt mir immer wieder einen Kuss, sobald er einen Schritt beendet hat.

»Du bist so still heute«, stellt er fest.

»Mir geht es gut.« Lächelnd streichele ich über meinen Bauch. »Wie viele Wettteilnehmer sind es aktuell?«

»Über hundertelf. Tendenz Junge, Junge. Warum?« Weil er sie alle bequatscht hat, dass mit seinen Genen nur zwei Jungen auf die Welt kommen können. *Dieser Esel.*

»Nur so«, antworte ich in mich hineinschmunzelnd und hole tief Luft, da seit gestern hin und wieder ein leichtes Ziehen in meinem Bauch zu spüren ist.

Schnell weiche ich seinem Blick aus. »Nur so? Ach komm. Du druckst die gesamten letzten Wochen herum, tuschelst mit Paul und schreibst ihm sogar Nachrichten.«

»Ich mag Paul.« *Er hilft mir und warum ihn nicht zu meinen Freunden zählen?*

»Ich weiß längst, dass du mich hintergehst«, sagt Lawrence beiläufig, bindet sein Haar zu einem vorzeigbaren Knoten zusammen und richtet das Revers seines Anzugs. *Verdammt, er sieht zum Niederknien aus.*

Ich würde sofort in die Knie gehen, um ihm zu zeigen, wie sexy und heiß ich ihn finde. Allerdings habe ich das Problem, nicht mehr von allein hochzukommen, seit sich mein Körpergewicht gewaltig verlagert hat.

»Ich hintergehe dich sicher nicht. Obwohl ich es interessant finde, dass du dir darüber Gedanken machst, mein Sexgott.«

»Ach, komm schon. Ich hatte mit unserem Paulchen vor zwei Wochen ein nettes Gespräch.« *Wirklich?*

Alarmiert ziehe ich die Brauen zusammen, richte mich im Korbstuhl ein Stückchen höher und schaue zu ihm. Vor dem in Marmor gefassten Waschtisch spült er seine Rasierklinge aus und verfolgt meinen nervösen Gesichtsausdruck im Spiegel.

»Er hat mir alles verraten, Jade. Die Katze ist aus dem Sack.«

»Nein«, kommt es sofort über meine Lippen. In dem engen Kleid will ich mich an den Armlehnen eher umständlich auf die Füße ziehen. Doch Law kommt mir zuvor, steht unvermittelt vor mir und beugt sich zu mir herab. Mit beiden Händen stützt er sich über mir ab, sodass ich nicht aus dem Sessel aufstehen kann. »Wo willst du plötzlich hin, Mäuschen? Denkst du echt, ich checke es nicht?«

»Hey, das war nicht so, wie du denkst.«

»Ach nein?« Er kneift seine grauen raubtierhaften Augen schmal zusammen. Kleine Fältchen bilden sich um seine Augenwinkel, während ich seinen betörenden Duft einatme. Mein Herzschlag beschleunigt sich, und wäre ich nicht schwanger, würde ich es hier am liebsten auf dem Badfußboden mit ihm treiben.

Genau den Gedanken kann er in meinen Augen ablesen. »Du siehst so scharf aus mit deinen dunklen Augen und dem roten Lippenstift. Genau mit diesem Blick hast du ihn rumbekommen, nicht wahr?«

Unschuldig zwinkere ich und lächele ich ihm verliebt entgegen. »Es war ganz leicht.«

»Das glaube ich dir. Er steckt dir etwas rein, du stöhnst, und schon hast du, was du willst.«

»Es war etwas anders, aber ja. Ich wollte es wissen. Sorry, Babe.«

»Ja, ja. Das klären wir später, das verspreche ich dir. Das hat Konsequenzen.« Zwei tiefe Furchen zeichnen sich über seinem schier geraden Nasenrücken ab.

»Wirklich?«, frage ich erwartungsvoll.

»Allerdings. Niemand hintergeht mich.« Sinnlich leckt er mit der Zunge über meine Lippen, schnappt sich mein Kinn und hebt es zu seinem Gesicht. »Ich glaub, ich werde zuvor ihm den Hintern aufreißen, bevor es zwischen uns zur Sache geht.«

»Nein, gib ihm nicht Schuld daran.«

Er schnaubt spöttisch, bevor sich seine Lippen auf meine legen, er mich bedrängend küsst und mich weiter in den Sessel drückt. Hungrig umkreisen sich unsere Zungen.

Es war klar, dass er es irgendwann herausfinden wird. Trotzdem schweige ich bis zur Geburt. Ich verrate ihm sicher nicht, was beide werden.

»Paul hat es dir nicht verraten oder dir einen Tipp gegeben?«, frage ich schnell, kaum dass ich mich von seinen Lippen trennen kann.

»Nein«, knurrt er vor meinem Mund. »Eins muss ich ihm lassen: Er schweigt und genießt. Er ist wirklich gut darin, fremdzugehen und andere zu täuschen.«

»Hey, ich würde dir nicht fremdgehen. Niemals. Es sei denn, es ist abgesprochen«, necke ich ihn, greife in seinen Nacken und erwidere den zärtlichen Kuss. »Ich liebe dich viel zu sehr. Aber sorry, ich konnte nicht widerstehen, als er mich fragte.«

»Fragte, was es wird. Und du wirst sofort schwach. Tja, dann wirst du wohl heute Nacht nicht auf meiner Brust einschlafen dürfen.«

»Bist du gemein. Das machst du eh nicht.« Schnaubend suche ich seinen Blick, um sicherzugehen, dass ich recht behalte.

»Sicher mache ich das. Dich mit Sex bestrafen geht leider nicht, ohne eine Flutwelle auszulösen, daher kürze ich die Kuscheleinheiten.« Was er selbst kaum durchhalten wird.

»Wer's glaubt. Ich kann zu Gideon kuscheln gehen.«

»Ich weiß, dass du diesen exzellenten hilfsbedürftigen Kuschelblick draufhast. Probier dein Glück. Dann hole ich mir das Kätzchen ins Bett.« Sofort weite ich die Augen.

»Nicht Maron.«

»Wieso nicht?«

»Weil du am nächsten Tag übel gelaunt sein wirst. Bloß weil sie dich über Nacht am Fußende gefesselt hat.«

Er weiß, dass er mir und ich ihm blind vertrauen kann. Ich weiß es so genau, dass ich mir darüber niemals Gedanken machen würde. Und falls er irgendwann den Wunsch hegen sollte, etwas mehr Pep in die Beziehung zu bringen, können wir immer darüber reden. Aber gerade genügen wir uns zu zweit. Oder zu viert. Je nachdem.

Und er findet mich immer noch sexy. Ob mit Wassermelone vorm Bauch oder nicht.

»Warum denkt jeder, dass die kleine Kratzbürste immer gewinnt?« *Weil es so ist?*

»Das war nur eine Vermutung. Du bekommst sie auf jeden Fall gezähmt«, pushe ich sein Ego. Er grinst süffisant und etwas selbstverliebt.

»Ich weiß. Dann lass uns mal in den Saal gehen, bevor uns die anderen alles wegessen.«

Wie eine Seekuh auf zwei Beinen hilft er mir in den Stand. Es wird jeden Tag problematischer, allein aufzustehen, aber bald ist die Zeit vorbei. Beschweren würde ich mich niemals.

»Danke, Babe.«

»Liebend gern. Dann kann es losgehen, meine Herzdame?«

Ich nicke strahlend, hake mich bei ihm unter und lasse mich langsam aus dem Bad führen. Schritt für Schritt überwinde ich die Treppen, die ich schon lange nicht mehr sehen kann.

Am Absatz angekommen, sehe ich die voll beladene Garderobe. Éric und Gaël werden auch mit ihren Freundinnen da sein, dann Ray und Lou und Chlariss und Trajan. Und ich werde der Hauptakt sein. *Wahnsinn.*

»Schmeißt das Rampenlicht an, wir kommen!«, ruft Lawrence über den Gang.

»Sch«, ermahne ich ihn. »Was soll dein Vater denken?«

»Ich weiß ganz genau, was er gleich denken wird: Der Junge hats drauf.« Nein, genau das denke ich nicht, wird er denken.

Kaum öffnet Law die Tür, höre ich Geigenmusik und muss kichern. »Was hast du jetzt wieder geplant?«

»Was? Ich habe eine Studie gelesen, dass Kinder, die klassische Musik im Mutterleib hören, intelligent werden.«

»Um damit deinen ...«

»Pass auf, Fräulein, oder es kommt noch heute zur Frühgeburt«, droht er mir und bleibt einen Moment mit mir am Arm in der Tür des Saals stehen. An einer langen, festlich eingedeckten Tafel vermutet Lawrence' Vater sicher, dass er zum Essen eingeladen und im Château herumgeführt wird. Als er jedoch uns sieht, wird er leichenblass.

»Jackpot. Ich glaube, ich bringe ihn frühzeitig ins Grab«, raunt mir Law breit grinsend ins Ohr.

»Das glaube ich nicht nur, das weiß ich.«

Während Trajan am Ende der Tafel vertieft in sein Stück Geige spielt, schauen alle Gäste mit diesem Funkeln in den Augen zu uns. Chlariss strahlt über das gesamte Gesicht, Jane schmiegt ihre Wange an Dorians Schulter, Lou vergießt sogar Tränen. Dabei haben wir sie vor ein paar Wochen in L. A. kennengelernt, und sie weiß, wie ich aussehe.

Irgendwie wirken alle etwas gerührt.

Meine Mutter erhebt sich in ihrem etwas knittrigen Blusenkleid vom Tisch und kommt auf mich zu, während Éric sich im Messer spiegelt.

»Du siehst wunderschön aus, mein Engel.« Da sie etwas kleiner als ich ist, hebt sie sich auf die

Zehenspitzen und umarmt mich. Auch sie weint, sodass ich mich kurzzeitig an unsere Hochzeit erinnert fühle. Nachdem Trajan das Stück beendet hat, lächelt er und nickt, damit wir die Gäste begrüßen dürfen.

»So, alle aufhören zu weinen, heute Abend wird gefeiert«, verkündet Lawrence. »Auch wenn Jade aussieht, als würde sie gleich umkippen, amüsiert euch auf unsere Kosten.«

Und ehe ich einen weiteren Schritt auf unsere Plätze zu machen kann, steht unvermittelt Laws Vater vor uns, der meinen Bauch anstarrt, als würde ich eine Atombombe in mir tragen.

»Dass du dich traust, uns so vor vollendete Tatsachen zu stellen. Selbst deine Mutter hat dichtgehalten.« Ich halte die Luft an, mein Herzschlag beschleunigt sich, während Law das Kinn hebt. Da sein Vater kleiner als er ist, kann er herrlich auf ihn hinabblicken.

»Ich wusste, dir würde unsere Überraschung gefallen, Vater.«

»Von dir hätte ich am allerwenigsten Nachwuchs erwartet. Das Kind macht sich ziemlich breit. In welcher Woche bist du, Jade?«

»Es sind zwei Kinder und ich bin in der …« Ein Keuchen kommt über meine Lippen, da ich ein Ziehen spüre. Eines der beiden tritt in meine Rippen. »Vierunddreißigsten Woche.«

Law blickt alarmiert zu mir. »Was ist los, Flocke? Ausbruch der Jungs?«

»Lawrence«, beschwert sich sein Vater.

»Ja? Ich freue mich sehr über deine Glückwünsche, die du mal wieder nicht aussprechen kannst. Wenn du uns entschuldigst.« Lawrence führt mich an seinem Vater vorbei zum Stuhl.

»Hättest du nicht noch ein paar Worte mit ihm wechseln sollen?«, erkundige ich mich. Er kann seinen Vater nicht so stehen lassen.

»Hätte ich? Lass mich überlegen. Nein. Er ist eingeladen worden, zu mehr fühle ich mich nicht verpflichtet. Was ist mit dir?«

»Ich hätte mich noch mit ihm unterhalten. Jetzt übernimmt das meine Mutter.«

»Knaller, Schwesterchen. Du siehst Bombe aus«, begrüßt mich Ric, der schalkhaft grinst und meinen Bauch anfasst. »Sie machen sich ganz schön breit.« Seine Freundin schaut mit leicht geweiteten Augen auf meinen Bauch.

»Jetzt wisst ihr, warum man verhüten sollte«, scherzt Law, geht auf meinen Bruder zu, den er mit einem Handschlag begrüßt. Um mich herum herrschen anregende Gespräche, alle unterhalten sich, schlürfen ihren Champagner, sind gut gelaunt und schauen auf mich.

Gaël beugt sich zu mir und sucht meinen Blick. »Ich habe auch schon etwas für die beiden. Steht unser

Deal noch?«, fragt er zurückhaltend neben seiner neuen Flamme Jessica, die mich mit einem »Hey« begrüßt.

»Klar, steht noch. Kannst du es mir später zeigen? Ich möchte den Entwurf unbedingt sehen. Ist Ric dafür?«

»Logisch. Er wartet nur auf dein Go.« Lässig zwinkert er mir entgegen und trägt sogar ein neutrales Hemd mit Jeans. Wow, meinen Bruder mal ohne weiten Pullover oder XXXXXL-Shirt zu sehen, verschlägt mir wirklich die Sprache.

»Perfekt.« Aus den Augenwinkeln blicke ich zu Law, der noch nicht weiß, dass ich mich bald tätowieren lasse, um meine Kinder auch auf der Haut zu verewigen. Und was ist besser, als einen Bruder zu haben, der perfekt zeichnen kann, und einen, der tätowieren kann?

Nachdem mich alle begrüßen und zu mir kommen, weil ich nicht lange stehen kann, wird kurz darauf das Büfett eröffnet. Laws Mutter winkt mir über den Tisch, bevor sie ein Präsent in meine Richtung schiebt. »Öffne es in einem ruhigen Moment.« In ihrem weißen Hosenanzug, mit starkem Make-up und blondiertem voluminösem Haar tätschelt sie meine Hand.

»Merci. Wir geben auf jeden Fall eine Party, wenn beide da sind.«

»Alles mit der Ruhe, Jade. Ihr solltet euch zuerst Zeit für euch nehmen, bevor ihr Gäste einladet.« Meine Mutter und sie scheinen in dieser Beziehung derselben Meinung zu sein.

Nachdem mir Gaël einen Teller Suppe, Salat und Baguettescheiben bringt, esse ich, aber nicht, ohne nach Law Ausschau zu halten.

Lawrence ist der Einzige, der an der Tafel fehlt, wie auch sein Vater. Nadine beäugt mich mit einem gekünstelten Lächeln und reicht mir ihre Hand. »Ich freue mich sehr für euch. Ich habe mich zwar vor ein paar Jahren sterilisieren lassen …« *La-la-la-la-la … Ich will es nicht hören.* »… alles Gute für die Geburt.«

»Merci, das ist sehr lieb von Ihnen«, antworte ich, während Gaël neben mir nervös auf dem Stuhl hin und her rutscht. »Was ist das für eine Nachtgestalt noch mal?«

»Musst du nicht wissen«, antworte ich lachend und beneide ihn um Burger, Salat und Pizza. Ich kann nicht mehr so viel auf einmal verschlingen, ohne Magenschmerzen zu bekommen.

»Schmeckt saugeil. Und das Schloss ist der Burner«, sagt er neben mir mit vollem Mund.

»Gaël, erst hinunterschlucken, Junge!«, ermahnt ihn mein Vater mit einem Klaps auf den Hinterkopf.

»Was hast du gesagt?«, provoziert er ihn absichtlich nuschelnd.

»Wir befinden uns in einer gehobenen Gesellschaft«, erkläre ich kichernd.

»Und die darf nicht essen?«

»Sicher. Ich werde mir auch noch etwas holen und zuvor meinen Mann suchen.«

»Soll ich dich begleiten?«, bietet mir Ric an und erhebt sich ebenfalls vom Stuhl. Ich nicke, da ich hin und wieder die Befürchtung habe, über meine eigenen Füße zu stolpern.

»Sekunde. Sekunde.« Er kommt auf mich zu, legt seinen Arm um meinen Rücken und führt mich aus dem Saal. Von oben bis unten zutätowiert und mit seinen Tunneln im Ohr sieht er für jeden Fremden zum Fürchten aus. Aber ich fühle mich immer in seiner Gegenwart wohl. An seinem dunklen T-Shirt lehne ich meinen Kopf an.

»Alter, hast du zugelegt.«

»Du darfst mich gern begrabschen. Deiner Nichte und deinem Neffen wird es sicher gefallen«, bringe ich lächelnd über die Lippen.

»Ne, lass mal. Ich begrabsche nicht andere Frauen.« Er lacht. »Wie findest du Melly?«

»Deine Neue?«

Im Gang laufen wir langsam auf die Vorhalle zu, um im Garten nach Law zu suchen. »Ja, schon. Es ist nichts Festes.«

»Deswegen fragst du mich auch, wie ich sie finde? Ich sage es dir, wenn ich mit ihr ein paar Worte …« Wieder ein Stechen. »Stopp kurz.« An der Wand stütze ich mich ab, hole tief Luft und senke den Kopf.

»Sag nicht, es geht los«, fragt mein großer Bruder, der mich von oben bis unten mit seinen Blicken abcheckt.

»Nein, sicher nicht. Sie treten mich manchmal, wenn ich nicht damit rechne. Gehen wir weiter.« Ric schenkt mir einen zweifelnden Blick, schluckt hart und sieht aus, als würde er sofort den Notarzt rufen wollen. Im Garten nehme ich unter dem Sonnensegel auf der Sitzecke Platz. »Kannst du nach Law suchen?«, bitte ich ihn, da ich nicht mehr kann.

»Ich find ihn, warte hier.«

»Wo soll ich auch hin?«, scherze ich. Kaum ist mein Bruder abgezogen, breitet sich wieder dieses Ziehen in mir aus.

Nein, kommt schon. Es ist zu früh. Das sind sicher nur die Vorwehen oder so. Trotzdem fühlt es sich unangenehm an. Mit einem verbissenen Gesichtsausdruck sehe ich weiter vorn zwischen Ulmen Law und seinen Vater entlangspazieren. Ric ist in die völlig falsche Richtung gelaufen, um sie zu suchen.

Aber da Law mit dem Rücken zu mir gewandt weiterläuft, sieht er mich nicht. Wackelig ziehe ich mich in den Stand und halte auf beide zu. Nach ihm rufen, will ich nicht. Wenn er sich schon mit seinem Vater in Ruhe unterhält, möchte ich ihm den Moment geben und nicht stören. Schließlich weiß ich, wie selten sich beide nur noch sehen. *Vielleicht … vielleicht sprechen sie sich ja aus. Das würde ich mir wünschen.*

Daher beschließe ich, wieder zurück zum Festsaal zu gehen, bevor mich alle suchen. Ric kehrt auch nicht zurück, daher gehe ich allein rein. Kaum lasse ich die drei Steinstufen hinter mir und betrete die Terrasse, spüre ich Wasser meine Beine entlanglaufen. *Nein, nein, nein.*

Ehe ich begreife, was passiert, stehe ich in einer Pfütze und ein fieser Schmerz dehnt sich in meinem Unterleib aus. Vor mir steht plötzlich Dorian. »Ach du Scheiße!« Ihn so fluchen zu hören, scheint dem Weltuntergang gleichzukommen.

»Nein«, sage ich sofort. Im nächsten Augenblick sehe ich Gideon. Beide müssen mich gesucht haben.

»Immer entspannt bleiben, Jade, atmen nicht vergessen«, beruhigt mich Gideon wie eine Hebamme. Apropos.

»Wir müssen sie hinlegen …«, weist Dorian seinem Bruder in einem konzentrierten Tonfall an. »Damit es zu keiner Sturzgeburt kommt.« *Was?*

»Langsam, wartet … ruft die Hebamme«, werfe ich ein.

»Nichts mit Hebamme, wir fahren ins Krankenhaus. Wo steckt Law, zur Hölle?« Gideon blickt sich überall um.

»Nicht in mir«, scherze ich, bis ein gequältes Stöhnen über meine Lippen kommt. Ehe ich checke, was geschieht, greift Dorian nach meinen Füßen, Gideon unter meine Arme und beide heben mich auf die bequeme Sitzecke. Gideon streichelt über meine Schulter, bevor er auf den Fingern pfeift. »LAW, BEWEG DICH!«

»Bleibt ruhig, es wird nichts passieren. Es war sicher nur eine Fruchtblase«, will ich ihn und mich selbst beruhigen.

»Ach, hast du vor, heute nur ein Baby auf die Welt zu bringen und das andere erst nächste Woche?«, antwortet Dorian süffisant grinsend. Er setzt sich zu mir und umfasst meine Hand.

»Mach schon, LAW!«, ruft Gideon. »Pass auf Jade auf, ich hol ihn.« Schon verlässt Gideon in seinem Anzug die Außenterrasse und joggt auf seinen Bruder zu. Im selben Moment sehe ich Maron und Jane durch die Tür kommen, gefolgt von meinem Bruder Ric.

»Was ist passiert?«, höre ich Jane fragen. »Geht es dir nicht gut? Bist du gestürzt?«

»Sie wollen heute raus«, bringe ich über die Lippen und stemme mich auf die Unterarme hoch.

Plötzlich umzingeln mich mehrere Personen. Meine Mutter schiebt sich an allen vorbei. »Lasst mich kurz zu meinem Kind.«

Verdammt, allmählich scheint hier ein echtes Chaos auszubrechen. Warum muss das ausgerechnet heute passieren?

»Aus dem Weg! Was ist passiert?« Sofort verschafft sich Lawrence Platz, hält auf mich mit einem abgehetzten Blick zu und kniet sich vor die Couch. »Könntet ihr uns alle einen Moment allein geben? Wir halten euch auf dem Laufenden, aber geht wieder rein. Ich muss zuvor die Lage checken. Jade, wie geht es dir?«

Maron führt Jane wieder in die Halle, gefolgt von meinem Bruder und Dorian und Gideon. Nur meine Mutter bleibt, nach deren Hand ich greife.

»Ich glaube, es geht los«, keuche ich. »Meine Fruchtblase ist gerade geplatzt«, bringe ich mit zusammengekniffenen Augen über die Lippen und stöhne. »Gottverdammt!«

»Okay, okay, es geht los. Was müssen wir noch mal tun?«

»Junge, behalt die Nerven«, höre ich Monsieur Chevalier sagen, der Laws Schulter umfasst. »Ich habe drei Geburten erlebt. Deine war im Übrigen die schlimmste. Wir bringen sie in ein Krankenhaus. Heb sie schon hoch, sie sollte nicht mehr laufen.«

Meine Mutter streicht mein Haar zurück. »Ich bleibe bei dir, mein Schatz. Keine Sorge, wir sind alle da.«

Lawrence schiebt seine Hände unter meine Schulterblätter und Kniekehlen, hebt mich hoch und trägt mich hinter seinen Vater zu den parkenden Autos vor dem Château.

»Sorry, ich hab das Fest versaut«, bringe ich enttäuscht über die Lippen.

»Etwas anderes habe ich überhaupt nicht von dir erwartet, Flocke. Jetzt gehts los. Kannst du es glauben?« In seinen Augen erkenne ich die Vorfreude vermischt mit Panik und Nervosität. Trotzdem schenkt mir seine Nähe einen Moment Halt.

Mit zusammengepressten Lippen schüttele ich den Kopf. »Ja, es geht los. Merde, wir werden Eltern«, keuche ich, kralle mich an seinem strahlend weißen Hemd fest und vergrabe mein Gesicht an seinem Jackett.

KAPITEL 16
Lawrence

DIE GEBURT!

Da unterhält man sich zehn Minuten mit seinem Vater im Garten, schon platzt die Fruchtblase und die Babys bahnen sich einen Tunnel ins Freie.

Dabei bin ich überhaupt nicht darauf vorbereitet, sondern fahre wie ein Bekloppter übers Land Richtung Paris.

»Junge, willst du uns umbringen?«, mischt sich mein Vater neben mir ein und klammert sich am Griff über dem Fenster fest.

»Wir haben es eilig, klar? Ich hänge an dieser Frau dort hinten, falls es dir nicht aufgefallen ist. Und ich möchte, dass sie das überlebt, wie auch meine zwei Kinder.«

Er schaut mich einen Moment perplex in seinem noblen maßgeschneiderten Anzug an, wischt sich mit dem Taschentuch den Schweiß von der Stirn und schüttelt den Kopf. »Es stand nie zur Debatte, dass ich daran gezweifelt hätte.«

»O doch. Du hast an allem von mir gezweifelt. Angefangen vom Freundschaftskreis bis hin zu meiner Frau. Ich seh dir an, dass du auch jetzt zweifelst, ob ich es mit zwei Kindern gebacken bekomme. Und wie ich es gebacken bekomme.«

Hinter uns liegt Jade auf der Rückbank. Ihre Mutter hält ihren Kopf auf dem Schoß, streichelt immer wieder über ihr Gesicht und beruhigt sie.

»Wäre es nicht besser, wenn der Vater-Sohn-Konflikt auf später verschoben wird? Meine Jade bekommt gleich ziemlich schmerzhafte Wehen.«

Ich mag Jades Mutter. Sie weiß, was Sache ist. Wobei mein Vater vorhin gar nicht mal so uncool war.

»Florian«, stellt sich mein Vater bei ihr vor und reicht ihr seine Hand über die Rückenlehne hinweg. Sie greift nach ihr und lächelt wie die Morgensonne. »Gabrielle, schön, Sie kennenzulernen.«

»Und das zu einem besonderen Anlass«, merkt mein Vater an.

»Das finde ich auch. Wir werden Großeltern.« Jades Mutter streichelt über Jades Wange, was ich nur flüchtig im Rückspiegel sehen kann, als ich über die Autobahn presche.

»Großeltern«, wiederholt mein Vater das Wort. Dabei ist er bereits Opa. Ich konzentriere mich auf die Straße, frage Jade, ob sie etwas trinken will, ob ich ihre Hand halten soll, doch jeder Versuch wird von den anderen beiden abgeschmettert. Daher gebe ich den Fahrer ab. Jades Mutter fährt nicht mal mehr einen Meter selbst mit dem Auto, mein Vater ist eher der gediegene Autofahrer, der im Schneckentempo neben der Musik französischer Chansonsänger die Weinberge kommentiert.

Hin und wieder höre ich mein armes Flöckchen auf der Rückbank gequält stöhnen, was meinen Puls beschleunigt. Nur zwei Dinge bringen meinen Puls zum Rasen. Ein Aggrotyp, der mich provoziert hat und unbedingt eins aufs Maul haben will und wenn es meiner Frau nicht gut geht.

Da die Autobahnen leer sind, es ein Freitagabend ohne viel Verkehr ist, erreichen wir im Eiltempo Paris. »Bist du dir wirklich sicher, dass du dir kein Taxi holen willst?«, frage ich meinen Vater, der gehen kann, wenn er will.

»Bin ich«, antwortet mein Vater. »Halt dort vorn. Ich geb im Krankenhaus Bescheid.«

Ganz der Gentleman steigt er aus dem Rangerover, richtet im Gehen seine Manschettenknöpfe und verschwindet in der Notaufnahme.

Ich verlasse den Wagen und öffne die hintere Tür.

»Wir sind da?«, wimmert Jade.

»Klar sind wir da und unsere Eltern auch.« Keine Ahnung, wie diese verrückte Konstellation zustande kommen konnte.

Unvermittelt erscheint eine Schwester mit einem Rollstuhl. »Dann hüpf mal rein. Ich helf dir.« Eher wackelig mit verkrampften Gesichtszügen helfe ich meiner Flocke in den Rollstuhl. »Schön atmen und geschmeidig bleiben. Wir wollen alle dasselbe, meine Sonnyboys wie auch wir.«

»Du hohle Nuss, sei du locker, wenn du eine Melone rausquetschen musst«, schimpft Jade, bevor sie nach mir tritt, dann wieder angespannt stöhnt. »Scheiße, tut das weh!«

»Ich habe dir nie Melonen reingesteckt.«

»Viel schlimmer«, flucht sie laut.

»Wir bringen Sie zum Kreißsaal«, sagt die Schwester, die Jades Schulter streichelt. »Alles wird gut.«

Auf dem Weg dorthin begegnen wir meinem Vater, der im Gang auf uns wartet und sein Schaltuch richtet.

»Dienst erledigt, du musst deine kostbare Zeit nicht in einem Krankenhaus absitzen«, lasse ich ihn wissen.

»Störe ich dich etwa? Ich sollte derjenige sein, der sich auf den Schlips getreten fühlt. Vermutlich bin ich der Letzte, der von der Schwangerschaft erfahren hat.«

»Rate warum?«, werfe ich ein, während Jade in Begleitung ihrer Mutter um die nächste Ecke geschoben wird.

»Wir hatten in den letzten Jahren unsere Differenzen, dennoch sind wir eine Familie. Ich habe dich nie im Stich gelassen, damit werde ich heute nicht anfangen.

Versuch, mich loszuwerden, ich warte, bis meine Enkel gesund auf die Welt gekommen sind.« Unvermittelt lässt er mich mit diesem wissenden Lächeln, das in seinen grau melierten Bart übergeht, stehen und folgt meiner Frau.

»Worauf wartest du? Deine Frau braucht dich, Lawrence. Du hast ihr den Schlamassel eingebrockt, dann hilf ihr auch, ihn wieder auszulöffeln.«

Da soll einer sagen, dass wir denselben Humor haben. »Ich war schon immer gut im *Löffeln*.« Rasch überhole ich ihn, sehe, wie Jade im Rollstuhl bereits am Ende des Ganges in den Kreißsaal geschoben wird und gequält schreit, stöhnt und vom Feinsten flucht.

Joggend überhole ich meinen Vater, werde mein Jackett los und versuche, die Nerven zu behalten. Ich weiß ganz genau, wie es geht. Ob ich jedoch alles richtig mache, wird sich zeigen.

Im Kreißsaal angekommen, warten unsere Eltern vor der Tür, während ich mit einer Hebamme, einer Schwester und Jade allein bin und ihr dabei helfe, das Kleid auszuziehen.

»Du willst es immer noch auf die klassische Art?«, frage ich sie, schiebe das scheißenge Kleid an ihrer Hüfte höher über den Bauch.

»Ja«, keucht sie. »So, wie wir es vereinbart haben. Wenn es … zu einem Notfall kommt, dann Kaiserschnitt.«

»Du hast echt Mumm, das muss ich dir lassen.«

»Deswegen hast du mich geheiratet«, scherzt sie trotz Schmerzen. Gerade als ich ihr das Kleid über den Kopf ziehen will, windet sie sich in Unterwäsche unter mir, krallt sich in meine Unterarme und schließt verkrampft die Augen.

»Scheiße, warum tust du mir das an!«, jammert sie, während ich nur hilflos zusehen kann.

»Was schauen Sie so! Geben Sie ihr irgendwas oder muss ich selbst eine Spritze setzen!«, fahre ich die Hebamme an.

»Ich gebe ihr nichts, solange wir sie nicht untersucht haben. Helfen Sie ihr, das anzuziehen.« Sie reicht mir eines dieser hässlichen, dafür bequemen Krankenhausteile.

»Sch, du machst das mit links, meine Flocke. Wir ziehen dich gleich an. Jetzt weiß ich, wofür der Wickelkurs gut war.«

»In dem hast du besser … besser als ich abgeschnitten«, bringt sie zwischen zusammengepressten Lippen hervor, bis diese Wehe endlich vorbei ist. Nun holt sie tief und entspannter Luft. »Danke, Babe.«

Ich ziehe ihr das Teil über, lege sie zurück auf die Liege, auf der sie eher sitzt als liegt, und mache dann der Hebamme Platz, die die Herztöne und Wehenfunktion misst. »Am besten setzen Sie sich dorthin und warten. Ich hoffe, Sie haben Zeit mitgebracht.«

Will sie mich verarschen? »Wo Sie fragen, steht noch eine Party an, die wir vorzeitig verlassen mussten.«

Sie lacht dumpf mit ihrem schwarzen Wuschelmopp auf dem Kopf. Die neckische Dame geht mir nicht mal bis zu den Schultern und weiß alles besser. Okay, sie hat wohl wie Paul auch öfter zwischen andere Beine geblickt. Öfter als ich und das soll was heißen. Warum denke ich jetzt an diesen gequirlten Blödsinn?

Nach wenigen Minuten höre ich die Herztöne der Babys, Jade stimmt dem Wehentropf zu und will noch auf Schmerzmittel verzichten.

»Komm schon, Flocke. Ich kann dich nicht leiden sehen.«

»Geht schon!« Fest umfasst sie die Stangen vom Bett, bis sich eine neue Wehe ankündigt und ich das Gesicht verziehe. Sie so leiden zu sehen, bricht mir das Herz. Hätte ich doch etwas, womit ich ihr helfen könnte. Stattdessen bin ich an ihrer Situation schuld. Hätte ich meinen Schwanz in Miami einfach mal in der Hose gelassen. Jetzt kommt das dabei heraus.

Aufgewühlt fahre ich über die Stirn und springe rasch vom Stuhl auf.

»Hinsetzen!«, wiederholt die Amme.

»Schon klar«, murre ich und lasse mich wieder auf das unbequeme Polster plumpsen.

»Das dauert hier noch.« Plötzlich schaut die Hebamme zwischen Jades Beine und rührt dort unten mit der Hand herum. »Der Muttermund ist bereits wenige Zentimeter geöffnet.«

»Ist doch gut, oder?« Sofort springe ich wieder auf.

»Law.« Jade streckt ihre Hand nach mir aus, auf die ich zugehe und die ich umfasse. Schnell schnappe ich mir den Stuhl, zerre ihn zu ihr, da ich diese Distanz nicht aushalte, und lasse ihre Finger keinen Moment los.

»Ich bin hier, klar? Ich lass dich keinen Moment allein, wenn unsere Racker die Rutschbahn nehmen.«

Die Hebamme schaut mich komisch an, dabei soll sie zu dem Muttermund gucken, verdammt!

Sanft streichele ich über Jades Gesicht, beuge mich zu ihr hinab und küsse ihre Stirn. »Ich versprech dir, nach der Aktion verzichte ich freiwillig mehrere Wochen auf Sex«, raune ich ihr ins Ohr, woraufhin sie lächelt.

»Wetten? Das schaffst du gar nicht.« Sie legt ihre Hand auf meine Wange, schaut tief in meine Augen und zieht die Brauen zusammen. Auch wenn ein leichter Schweißfilm auf ihrem Gesicht glänzt, ihre Augen müde aussehen, ist sie für mich die hammergeilste Frau der Welt.

»Ich beweise es dir, bis du mich anbettelst.«

»Zuvor sollten wir erst mal …« Verbissen wimmert sie mit zusammengepressten Lippen. »… Platz schaffen.« Im nächsten Moment sehe ich, wie das Tuch unter ihrem Po feucht wird. »Nummer zwei. Ich würde sagen, es kann losgehen.«

Und dann sitze ich wie paralysiert in einem Fremduniversum neben meiner Frau. Die Hebamme erzählt ihr den Ablauf, eine Ärztin betritt den Raum, Jades Schreie erklingen in immer kürzeren Abständen und ich bekomme keine Luft mehr in dem gelb und rot gestrichenen modernen Raum mit den unzähligen Babyfotos und Grußkarten.

KAPITEL 17
Jade

»Law?«, rufe ich abgehackt. »Law, wach … auf!«

»Er fängt sich gleich wieder. Sie konzentrieren sich auf die Presswehen und drücken mit, sobald ich ein Zeichen gebe.«

Presswehen, schon? Ich dachte … Alles läuft irgendwie viel schneller ab, als ich es gelesen und gelernt habe. Oder läuft die Zeit schneller? Während mein Unterleib droht zu zerreißen, ich einfach nur diesen Schmerz hinter mir lassen will, scheint Lawrence kurz wegzutreten. *Verdammt! Ich brauche dich, Löwe.*

»Law!«, rufe ich ihn erneut, dieses Mal verzweifelter, bis er erwacht und wieder bei der Sache ist.

»Sorry, bin anwesend. Es war nur …«

»Schade, ich hätte gedacht, Sie würden vom Stuhl kippen.« *Diese blöde Hebamme!* Die Schwester streichelt beruhigend über meine Stirn, ohne etwas zu kommentieren, wofür ich ihr sehr dankbar bin. Die junge Ärztin ist nur auf das Geschehen zwischen meinen Beinen fixiert, während mich die Presswehen im Minutentakt foltern. Wobei sie lange nicht so schmerzhaft sind wie die Wehen davor.

»Und los!«, gibt mir die Ärztin ein Zeichen, woraufhin ich presse. »Weiter, weiter, weiter!«

»Ich mach ja schon, zur Hölle!«, schreie ich verärgert, nachdem ich kurz die angestaute Luft rauslasse.

»Noch mehr!« Die Hebamme hält meinen Oberkörper aufrecht, damit ich besser drücken kann, während mir kurz schwummrig wird.

»Fast. Es fehlt nicht mehr viel. Ein Teil vom Kopf ist schon zu sehen.« *Wirklich? O mein Gott.*

Die Ärztin schaut auf das Gerät, das die Wehenfunktion aufschreibt, während ich tief durchatme und meine Kräfte sammele. Ich schaffe das. Ich will das.

»Geht es dir gut?«, frage ich Law und könnte gerade jetzt einschlafen, so müde bin ich.

»Das fragt die Richtige. Du machst das sehr gut, Flöckchen, gleich sind sie da.« Neben mir erhebt er sich vom Stuhl, als es wieder losgeht und ich erneut drücken muss. »Gott! Scheiße!« Dabei zerquetsche ich fast Laws Hand und gebe mein Bestes.

»Sehr gut, weiter, weiter, Jade.« Nicht witzig, würde ich ihn anbrüllen, als ich einen leichten Ruck durch meinen Unterleib spüre. Fühle, wie etwas aus mir herausrutscht und Lawrence die Augen weitet. Ihn so zu sehen … »Was, was …«

»Das nächste«, sagt die Ärztin, bevor sie mich weiter auffordert, zu pressen. Irgendwie geht alles so schnell und doch wie in Zeitlupe. Das erste Kind ist da, während das andere noch in mir ist, Law rückwärts taumelt und aussieht, als würde er gleich den Mülleimer missbrauchen. Doch er fängt sich, bleibt neben mir stehen und hält unerbittlich meine Hand. Keine zwei Minuten später gebe ich erneut mein Bestes, obwohl ich körperlich am Ende bin. Kurz darauf höre ich ein hohes Meckern, das in einen Schrei übergeht und in das ein zweites Babyschreien einstimmt. Die Hebamme führt meinen Mann zu den Babys, damit er die Nabelschnur durchtrennt, was er mühelos macht. Zugleich kann er kaum die Augen von den Babys lösen. Ich möchte sie auch sehen. Daher hebe ich mich ein Stück höher, obwohl sich mein Unterleib wie zerrissen anfühlt.

Sie leben. Sie sind da. Und ich bin im Arsch.

Als ich träge und abgekämpft meinen Blick zu Law richte, sehe ich Tränen in seinen Augen glänzen. Er sieht immer noch aus, als würde er nicht begreifen, was hier geschehen ist.

»Gott, Flocke …«

»Geh, schau sie dir an«, fordere ich ihn auf, drücke seine Hand und lehne den Hinterkopf auf das Polster.

Er umfasst überglücklich mein Gesicht und küsst mich, küsst mich so hart, dass ich fast keine Luft bekomme. »Du hast das hervorragend gemeistert. Verdammt, ich liebe dich, du kleiner verrückter Engel.«

»Besser als du, ich weiß. Deswegen hat Paul die Wette gewonnen und ich sie verloren.«

»Sag nicht, ihr habt hinter meinem Rücken gewettet?«, hakt er perplex nach und hebt beide Brauen in die Stirn.

»Sicher«, antworte ich müde lächelnd.

»Herzlichen Glückwunsch zu einem gesunden Jungen«, gratuliert uns die Hebamme, die ein kleines, eingewickeltes Bündel in unsere Richtung trägt.

»Strike! Ich wusste es«, ruft Lawrence so laut aus, dass es die Patienten über uns hören dürften.

»Und einem kerngesunden kleinen Mädchen.«

Kurz bleibt Law wie vom Donner erschlagen stehen. »Beides?« Er geht auf die Hebamme zu, die beide Kinder in der Zwischenzeit gewogen und gemessen hat, was ich nicht ganz genau sehen konnte. Ich möchte sie anschauen, wissen, wie sie aussehen und ob sie gesund sind. Stattdessen wird der Mutterkuchen aus mir gezogen und ich vom Tropf befreit. Lawrence wird sein Sohn auf den Arm gelegt, der ihn vorsichtig umfasst. »Verdammt, bist du perfekt. Wir wussten beide, dass du eine Schwester bekommst, aber wollten deine Mutter täuschen«, redet er auf das Kind ein mit diesem überglücklichen Leuchten in den Augen. »Verdammt siehst du noch zerknittert aus.«

Im nächsten Moment trägt die Hebamme meine Tochter auf dem Arm zu mir. »Sie sind beide gesund und können problemlos atmen. Sie wiegen zwar unter 2400 Gramm, aber dürften schnell zunehmen«, erklärt mir die Ärztin mit diesem weichen, beruhigenden Lächeln.

Nachdem sie mir weitere Fragen beantwortet, Lawrence sich zu mir setzt und sein Glück kaum fassen kann, schenke ich ihm ein erleichtertes, glückliches Lächeln.

»Damit du eines weißt: Ein weiteres Mal mach ich das nicht mit dir mit«, sage ich erschöpft. »Trotzdem liebe ich dich noch, Law.«

Er lacht amüsiert, als er sich seinen Jungen sehr lange anschaut und ich in die strahlend blauen schmalen Augen meiner Prinzessin blicke. Meine Allegra. Mein Aaron.

»So sehr wie euch beide.«

KAPITEL 18
Jade

»Sie haben die Haare wie du, Law«, sagt Dorian mit einem weichen Lächeln, als er sich zum Bettchen hinabbeugt und Aaron betrachtet. »Besonders Aaron.«

»Jepp. Der Wiedererkennungswert ist hoch. Obwohl ich nie Zweifel daran hatte, dass meine Flocke von jemand anderem verführt und gebumst wurde.«

Mit dem rechten Fuß trete ich nach ihm, während die Familie Chevalier und meine Eltern die Babys kurz nach 22.30 Uhr ansehen und aus dem Schwärmen nicht mehr herauskommen.

Ich liege vollkommen erschöpft im Krankenzimmer und warte nur darauf, bis Ruhe einkehrt. Einmal habe ich versucht, Allegra zusammen mit der Hebamme an die Brust anzulegen, was leider nicht wirklich geklappt hat. Alles braucht seine Zeit und ich erst mal Schlaf.

Während Law allen die Babys kurz gezeigt hat, anschließend die Besucher verscheucht, nicke ich, die zwei Hände in den kleinen Bettchen haltend, ein.

»Hey, Flocke?«, höre ich irgendwann seine vertraute Stimme.

»Hm?«, bringe ich nur hervor.

»Ich bleibe hier.«

Mehr als schwach nicken kann ich nicht. »Ich pass auf euch auf. Ruh dich aus, mein Schatz.«

Wieder nicke ich und dämmere in einen tiefen Schlaf.

Als ich gefühlt nach fünf Minuten wach werde, blinzele ich gegen das schwache Sonnenlicht an. Lawrence befindet sich weiter vorn im Raum neben einer Schwester, die beide leise flüsternd auf dem Tisch hantieren.

»Das sitzt ganz passabel. Ich probiere es noch mal.«

»Sie haben in Zukunft sehr oft die Möglichkeit, es auszuprobieren«, höre ich die höhere junge Stimme der Schwester.

»Und falls ich nicht klarkomme, rufe ich Sie an«, scherzt Law, der sich seine Anmachsprüche nicht verkneifen kann.

»Das können Sie jederzeit.«

Langsam schlage ich die Augen ganz auf, fühle mich zwar immer noch ausgelaugt und schwach, aber besser als vor Stunden. Das linke Bett ist leer. *Aaron? Wo ist er?*

»Schau mal, wer da wach wird, Aaron, deine Mama. Du hast sie ganz schön fertiggemacht. Eigentlich wollten wir eine Tür zu dir reinschneiden, was sie nicht wollte. Ich weiß schon, Bro, du wolltest den Hauptausgang nehmen. Kann ich verstehen.«

Hat er Helium inhaliert oder ist er auf Droge?

»Ich lasse Sie mal allein.« Kichernd huscht die Schwester aus dem Zimmer, als Lawrence seinen Sohn in einem viel zu großen Strampler auf dem Arm zu mir trägt. »Wollen wir es noch mal mit dem Andocken probieren?«

»Wieso? Wollte er bei dir nicht andocken?«, antworte ich müde lächelnd.

»Jade, bist du heute unlustig. Wie geht es dir, mein Flöckchen?«

»Etwas durch den Mähdrescher gezogen, aber ganz gut. Dann gib mir mal den kleinen Mann zum Andocken her. Was ist mit Allegra?«

»Schläft wie ein Engel und hat es dir nachgemacht.« Lawrence wartet, bis ich das Bett hochgestellt habe, bevor er mir Aaron gibt und sich zu mir setzt. Meine kleine Prinzessin schläft in einem weißen Flöckchenbody in ihrem Bettchen. Sie hat mittelblondes Haar, das ihr zu einem kleinen Hahnenkamm gebürstet wurde, und sieht so zuckersüß aus.

Aaron wirkt bereits wacher, rudert langsam mit seinen Händen in der Luft und verzieht sein Gesicht. »Ich glaub, er war schon die gesamte Zeit scharf auf deine Möpse. Wie könnte ich es ihm verübeln? Ich wollte dich nur nicht wecken.«

»Kein Problem. Probieren wir es.« Gerade als ich das Nachthemd etwas aufknöpfe, hängt Law mit dem Gesicht zwischen uns.

»Ah, warte mal. Starr mir nicht so auf die Brüste.«

»Ich will es lernen, okay?«, kontert er sofort.

»Du wirst das nie im Leben selbst machen müssen.« *Warum also sollte er es lernen?*

»Okay, okay. Ich warte.«

Vorsichtig halte ich Aaron, der so klein ist, dass ich Angst habe, ihn irgendwie falsch zu halten, an die Brust. Und nach einigen Versuchen klappt es. Das Gefühl ist kaum zu beschreiben.

»Und?«, fragt Law. »Hat es geklappt?«

»Er genießt es.« Denn er schließt seine Augen, und auch wenn ich noch nicht ganz fit bin, wird sich das mit dem Milcheinschießen bald regeln.

»Klar, wer könnte das nicht bei den Hammerhupen genießen.« Als ich zu Law schaue, nachdem Aaron weitertrinkt, sehe ich, wie müde er ist.

»Bist du die gesamte Nacht wach gewesen, oder?«

»Hin und wieder, klar. Ich wollte Wache halten, falls eines wach wird. Die Schwester schneite vorhin rein und hat mit mir Aaron gewickelt. Allegra ist nur kurz wach geworden. Aber wenn sie checkt, dass ihr Bruder vorgezogen wird, wird sie sicher gleich in den Startlöchern stehen. Sie ist so bildhübsch und so winzig.«

»Ich weiß, sie sind beide wunderschön und gesund.« Ich strecke die Finger der linken Hand nach ihm aus, die er mit meinen verschränkt. »Nehmen wir uns erst Zeit für uns, bevor es mit Gästen und Partys losgeht?«

»Klar, alle Zeit der Welt. Unsere Nanny hat bereits die Babysachen gepackt, um sie morgen ins Appartement zu bringen. Sie kann es kaum erwarten, beide zu sehen.«

Mit der freien Hand streichelt er sanft über den Haarflaum von Aaron. »Das wird vorerst die Party unseres Lebens.«

Die Vorfreude ist kaum in seinem Gesicht zu übersehen. Ich nicke und rieche an meinem Baby, das so gut duftet.

»Und das erst mal ohne Sex.«

»Nach der Show von gestern Nacht bleibe ich weiterhin bei meiner Entscheidung, Flocke.«

»Ruh dich etwas aus. Du kannst auch in unser Appartement fahren, ich pass auf die beiden auf.« Es ist bereits 5.40 Uhr. Somit kann ich im Notfall Schwestern um Hilfe bitten, falls etwas passieren sollte.

»Sicher? Ich will nichts verpassen.«

»Law, ruh dich aus. Du kommst in ein paar Stunden erholt zurück, ich schaukel das hier inzwischen. Bis du wieder da bist, haben wir das Andocken bereits drauf, versprochen.« Ich zwinkere ihm zu und schaue lange in seine graublauen Augen.

»Wieso? Lässt er bereits locker?«

Etwas schon, weil er eingeschlafen ist. »An der Kondition üben wir noch. Ich brauch nicht lange. Macht keinen Scheiß ohne mich.«

»Niemals.«

Es sieht zwar aus, als würde Law ungern gehen wollen, aber er sieht ebenfalls müde und fertig aus. Seine Augenringe sprechen Bände. Sanft küsst er meine Stirn, streichelt über mein Haar und richtet sich auf. »Bis später, Flocke. Ich schick dir deine Mutter.«

Ich nicke, da ich sie gern um mich haben möchte.

ZWEI TAGE SPÄTER

Vorgestern waren wir noch zu zweit unterwegs, jetzt sind wir zu viert im Rangerover. Allegra und Aaron sitzen brav in ihren Babyschalen, schauen sich neugierig um und blinzeln verschlafen.

Lawrence schnallt beide nach mehreren Versuchen vorbildlich auf der Rückbank fest. Ich sitze dazwischen wie in einer Festung.

»Eigentlich wollte ich vorn sitzen«, beschwere ich mich und deute auf den Beifahrersitz.

»Pech, du wurdest als Muttertier umzingelt«, amüsiert sich Lawrence, schnallt nun sogar mich an und richtet sich locker in seinen Bermudas, seinem T-Shirt und Basecap auf. »Dann kann die Reise losgehen. Fahren wir in unser Schloss.«

Er ist wahnsinnig aufgeregt und stolz, als könnten Allegra und Aaron etwas gegen ihr neues Zuhause auszusetzen haben. *Was eine Dumpfbacke.*

Als er einsteigt und den Motor anlässt, vergewissert er sich mehrmals im Rückspiegel, ob wir akkurat sitzen und nicht ausgestiegen sind. »Alle startklar?«

»Law«, murre ich und schiebe die Sonnenbrille auf die Nase.

»Was? Ich würde auch gern in so einer Schüssel reisen. Mich hat nie jemand gefragt. Okay, können wir losfahren?«

Gemächlich lässt er den Motor an. Aaron schaut eher genervt zum Fenster, während ich Allegras Hand halte, die gähnt.

»Fahren wir noch oder ist der Tank leer?«, erkundige ich mich bei Law.

»Klar, geht los.« Im Schneckentempo fährt er an. Ich muss lachen, weil er überfürsorglich ist und glaubt, sehr viel falsch zu machen. Doch ich sage nichts, schließlich will ich ihn nicht kränken. Entspannt lehne ich mich zurück, höre dann mein Handy vibrieren. Als ich es aus der Wickeltasche fische, lese ich eine neue Mail von meiner Fakultät.

Während Lawrence sich im Pariser Stadtverkehr einfädelt, erhalte ich die Einladung zum Abschlussball. Alle Master- und Bachelorstudenten, die im letzten Semester ihre Arbeiten abgeschlossen haben, sind in sechs Wochen zur Feier eingeladen. Ich habe meine Masterarbeit längst vor über drei Monaten abgegeben, nach dem Vorfall mit Durand habe ich Gott sei Dank mit einer 1- bestanden. Die restlichen Prüfungsergebnisse standen längst vor der Abgabe der Masterarbeit fest.

Verdammt, ich habe meinen Abschluss mit 1,7 erfolgreich bestanden. In sechs Wochen findet die offizielle Feier statt und ich kann direkt nach dem Babyjahr im Berufsleben einsteigen. Während Lawrence sich hauptsächlich um die Führung der drei Clubs verteilt in Frankreich kümmert, zudem das Weingut händelt und bereits einen Partner gefunden hat, der sich am Geschäft beteiligen will und Ahnung hat, bin ich endlich mit dem Studium fertig. *Ha! Und das noch vor der Regelstudienzeit.*

»Warum ist es so still dahinten?«, erkundigt sich Law, als wir bereits auf der Autobahn sind und er Musik anstellt.

»In sechs Wochen ist die Abschlussfeier. Am 14. Oktober.«

»Ehrlich oder verarschst du mich? Du wolltest nicht hingehen.«

»Nicht hochschwanger. Jetzt passt es perfekt.«

»Ja, um mich mit einem heißen Fummel scharfzumachen.«

»*Du* wolltest vorerst auf Sex verzichten.«

»Habe ich nie so gesagt«, streitet er doch tatsächlich ab und schüttelt den Kopf.

»Ach nein? Lüg nicht.« Ich umfasse seine rechte Schulter und kneife ihn. »Etwas scharfmachen, kann nicht schaden. Und danach geht dein sehnlichster Wunsch in Erfüllung.«

»Welcher war das noch mal?«, hakt er nach, setzt den Blinker und ordnet sich in die linke Spur ein, um Lkws zu überholen.

»Mich aushalten zu dürfen. Ich bin offiziell mit dem Studium fertig, arbeitslos, und das mit zwei Kindern.«

»Du kannst einem schon leidtun, Jade«, antwortet er spöttisch, hebt die linke Braue und gibt Gas. »Ein Glück, halte ich dich gern finanziell aus.«

»Natürlich nur für gewisse unmoralische arbeitswidrige Gegenleistungen«, füge ich hinzu, woraufhin er verwegen grinst.

»Du bist so clever, Schatz. Gewisse Dienste wirst du schon verrichten müssen, damit ich meinen Geldbeutel lockermache.« Oder andere Dinge an sich.

»Die verrichte ich sehr gerne«, flüstere ich verführerisch in sein Ohr, knabbere an seiner Ohrmuschel und keuche. Ich greife um ihn herum und streichele über seine Brust tiefer zu seiner Hüfte.

»Könnte mir gefallen«, schnurrt er wie ein Löwe und schiebt sein Becken weiter vor, sodass ich mit den Fingern unter seinen Hosenbund gleiten kann. »Scheiße, du hättest doch vorn sitzen sollen und mit deiner Gegenleistung sofort beginnen können. Ein Blowjob wäre geil. Denn wenn man es richtig betrachtet, habe ich dich seit der Kündigung deines Nebenjobs ausgehalten, Fräulein.«

Ich weiß. »Mutterschutz«, antworte ich sofort. »Erst schwängerst du mich, dann willst du, dass ich arbeiten gehe?«

»Niemals, ma chérie.« Er greift mit der rechten Hand zu mir und legt sie um meinen Hinterkopf. »Du hast den besten Job der Welt an meiner Seite. Meinetwegen müsstest du überhaupt nicht arbeiten gehen, das weißt du.«

Trotzdem möchte ich später etwas machen. Mit Law mithalten und Clubs oder Unternehmen hochziehen, wird mir sicher nicht gelingen, aber einen Job finden, der mich glücklich macht.

»Vorerst habe ich alle Hände voll mit dir zu tun und unseren Babys.« Sanft umfasse ich seinen Schwanz, den ich mit dem Shortsstoff massiere.

»Fuck, Babe. Nicht vor den Kindern.« *Aha?*

»Wirst du verklemmt?«

»Niemals. Aber ich lass mir gern die Eier kraulen, wenn wir ungestört sind.« Sinnlich lecke ich über seinen

Hals, höre ihn leise stöhnen und weiß, dass er ungern aufhören will. Denn sein Schwanz wird zwischen meinen Fingern immer praller und zuckt.

»Später, mein Gott«, verspreche ich ihm, da wir bald unser kleines Château erreicht haben. Langsam löse ich mich von ihm, lehne mich im Sitz zurück und freue mich bereits auf die Abschlussfeier.

KAPITEL 19
Jade

MITTE SEPTEMBER
6 WOCHEN NACH DER GEBURT

Ohne unsere Nanny würde ich es sicher nicht schaffen. *Wir* würden es nicht schaffen. Vollkommen im Stress ziehe ich die Strumpfhose hoch, schlüpfe in meine Heels, die ich vermutlich mehr als ein Jahr nicht mehr getragen habe, und zupfe den Wasserfallausschnitt meines schwarzen Satinkleides zurecht.

»Okay, hast du alles, Alice?«, hake ich nach und gehe mit ihr die Liste durch. Es ist der erste Abend, den ich ohne meine Kleinen verbringe. Vermutlich war ich noch nie so lange von ihnen getrennt.

»Jepp, abgepumpte Milch, Nuckel sind abgekocht, Betten sind frisch bezogen, Windeln sind eingekauft.

Gegen 18 Uhr bringe ich sie ins Bett und werde auf euch warten.«

»Perfekt. Ich danke dir. Falls etwas ist, ruf an. Lieber öfter als zu wenig. Es wird dort sicher laut sein und ich werde das Klingeln nicht sofort hören.«

Alice, unsere rothaarige Vollzeitnanny, strahlt mir entgegen, während Aaron und Allegra in ihren elektrischen Wippen durchgeschüttelt werden und die Mobile betrachten. Eilig gehe ich auf sie zu, beuge mich über die Hängematten und hebe Aaron hoch. Beide haben sehr gut zugenommen, etwas längeres Haar und offene Augen. Sie sind an so vielem interessiert, leider auch nachts. Aber dafür kann ich mich tagsüber hinlegen. Law und ich wechseln uns hin und wieder ab. Doch meistens werde ich zum Andocken gebraucht, obwohl er ein wahrer Meister im Windelwechseln ist.

»Du passt auf deine kleine Schwester auf, klar, Aaron? Mama ist nicht lange weg. Ich vermisse euch jetzt schon«, flüstere ich und halte ihn locker über der Schulter. Ein leises Würgegeräusch ist als Antwort zu hören, als ein Bäuerchen aus ihm herauskommt. »O nein, nein, nein.«

»Wow, siehst du hammerscharf aus.« *Nicht der zweite Mann.*

»Ich übernehme das.« Alice schnappt Aaron, reicht mir das Spucktuch und verlässt den Raum. »Ich wünsche euch einen schönen Abend. Bis später.«

»Sieht aus, als hätte dich jemand vor mir eingesaut. Verdammt, neuerdings komme ich immer zu spät.« Lawrence richtet seine Manschettenknöpfe, als er langsam an mich mit diesem überwältigenden Grinsen herantritt.

»Du kommst nie zu spät, ganz im Gegenteil.« Mit einem verführerischen Lächeln umfasse ich seinen weißen Hemdkragen und zupfe ihn ordentlich. »Könntest du mir die Spucke abwischen?«

Ich drehe mich vor ihm um und reiche ihm das Tuch.

»Sehr gerne. Ich mag versaute Vorspiele.«

Lachend verdrehe ich die Augen. Er tupft meinen Rücken trocken. »Hat mein Kleid etwas abbekommen?«, hake ich nach. »Sonst wasche ich es aus.«

»Nein, noch nicht, aber bald.« Unvermittelt schiebt er eine Hand unter den langen Schlitz des Kleides und presst seine Hüfte an meine. »Du siehst unglaublich aus, Flocke.«

»Du ebenfalls.« Und ab heute können wir wieder durchstarten. Die sechste Woche ist offiziell morgen um, mein Bauch hat sich wieder gestrafft, ich bin regelmäßig joggen gegangen und achte weiterhin auf eine gute Ernährung. Ich bin so heilfroh darüber, dass mir mein Körper so schnell verziehen hat. Bis auf meine Monsterbrüste könnte man kaum denken, dass ich schwanger war.

»Wir könnten auch hierbleiben«, raunt er in mein Ohr, zieht meine Strumpfhose herunter und presst seinen hart erigierten Schwanz gegen meinen Po.

»Okay. Wir haben noch eine Viertelstunde.«

»Okay?«, wiederholt er perplex.

Rasch wende ich mich zu ihm um, schlinge meine Arme mit der Clutch in der Hand um seinen Nacken und nicke mit einem Strahlen in den Augen. »Fick mich endlich, mein Gott.«

Er sieht kurz aus, als würde er träumen und ich ihm jeden Moment einen Eimer mit kaltem Wasser ins Gesicht schütten. »Aber alles muss heil bleiben.«

»Das kann ich nicht garantieren, aber versuchen.« Mit Schwung hebt er mich auf die Arme und trägt mich über den Gang der zweiten Etage ins Schlafzimmer.

Kaum hat er hinter uns abgeschlossen, ziehe ich die Strumpfhose mit dem Slip hinunter. Er öffnet seinen Gürtel und schiebt seine Hose hinunter. Wir sind schneller auf dem runden Tisch im Vorzimmer angekommen, als ich meinen Vorschlag überdenken kann. Gierig greife ich in seinen Nacken und küsse ihn. Unsere Zungen verschmelzen zu einem hungrigen Tanz.

Allein sein Parfüm einzuatmen, ihn in seinem perfekt sitzenden Anzug zu sehen und zu wissen, dass ich ihn gleich in mir spüren werde, lässt mich sofort feucht werden.

An seinen Lippen keuche ich. »Ich habe das so vermisst.«

»Und ich deine versauten Ideen. Niemand hätte ohne zu zögern zugestimmt. Dafür liebe ich dich, meine Flocke.« Mit einem Satz umfasst er meine Hüfte und hebt mich auf die Tischplatte. Ich werde die Strumpfhose und die Pumps los, bevor er sich zwischen meine Beine drängt und ich seinen großen wunderschönen Phallus sehe. »Kondome dabei?«, erkundigt er sich.

»O ja, Löwe. Warte.« Ich hole eine Reihe Kondome aus meiner Clutch, die ich ihm reiche.

»Höre ich gern. Obwohl ich die Spaßbremsen hasse.« Vor mir geht er in die Hocke, hebt meinen rechten Fuß auf seine Schulter und leckt durch meine Pussy. »Fuck, dich hab ich auch so vermisst. Du schmeckst immer noch so gut.« Alles fühlt sich wie zuvor an, seine Berührungen, das sensible Zucken meiner Klit, meine Erregung, die ihm nicht entgeht.

Er fickt mich mit seinen Fingern, dehnt mich vor, während er mit der Zunge meine Perle umkreist und an ihr saugt.

Ich greife zur Tischkante, schließe die Augen und stöhne: »Gott, ich liebe es.«

Kurz bevor ich komme, erhebt er sich, streift das Kondom ohne zu Meckern über und dringt in mich ein. Nicht zu hart, aber auch nicht soft. Er nimmt mich tief, weil er mich genauso sehr vermisst hat. »Verdammt, du fühlst dich immer noch so geil an, wenn ich den Gummi ausblende. Halleluja, ich schwöre dir, die nächsten Tage kommen wir nicht mehr aus dem Bett.«

Ich lächele, als er mich mit tiefen Stößen vögelt und ich nach seiner Hand greife. Er verschränkt seine Finger mit meinen, bis er mich schneller, hungriger und besitzergreifender nimmt. Zugleich reibt er über meine Klit, bis ich laut stöhne und die Hitze in meinem Becken spüre.

»Fuck, Gott«, kommt es gequält über meine Lippen.

»Der bin ich. Komm für mich, Flocke.« Er füllt mich komplett aus, treibt mich mit seiner Kraft und Präsenz zum Abgrund, auf dem mir Flügel wachsen. Als mich der intensive Orgasmus überrollt, meine Scheidenwände kontrahieren, meine Klit sich gereizt anfühlt, blinzele ich ihm mit dem reinen Verlangen entgegen.

»Du solltest dich so sehen. Der Wahnsinn«, kommt es abgehackt über seine Lippen, bis sein Schwanz mit drei harten Stößen pulsiert und er sich in mir ergießt. Immer noch außer Atem hebt er unsere verschränkten Finger zu seinen Lippen und küsst sie.

»Du bist meine absolute Traumfrau. Die Mutter meiner Kinder und das schärfste Sexbunny der Welt.«

Langsam erhebe ich mich, als er immer noch mit seinem Schwanz in mir ist, und etwas aus dem Jackett holt. »Du hast mich schon geheiratet«, antworte ich amüsiert und ziehe die Brauen fragend zusammen.

»Ich weiß, ich würde es jeden Tag wieder tun. Trotzdem wollte ich dir den hier schenken.« Er öffnet eine türkisfarbene Schatulle, in der sich ein weißgoldener Ring befindet. Ein großer Diamant ist in einer rot-goldenen Blüte eingefasst. An den Seiten des Ringes hängen zwei kleine Diamanten in Herzform herab.

»Auch wenn ich keinen Schmuck mehr annehmen wollte …« Kurz verschlägt es mir die Sprache. »Er ist wunderschön.«

Mit seiner Hilfe setze ich mich höher auf, er greift nach meiner Hand und schiebt den Ring auf meinen linken Ringfinger. »Ich weiß. Denkst du echt, ich checke nicht, wenn du in einem Magazin Schmuckstücke länger mit diesem Oh-ist-der-schön-Blick betrachtest?«

»Ich darf ja wohl träumen.«

»Mit mir werden deine Träume wahr.«

Schnaubend kann ich mein Lachen kaum zurückhalten, schüttele den Kopf und schiebe eine Haarsträhne hinter mein Ohr.

»Wah, so schnulzige Sprüche hätte ich von dir nicht erwartet.« Verträumt betrachte ich den funkelnden Ring mit der besonderen Symbolik. Zwei kleine Herzen für Allegra und Aaron und ein großer Diamant als Zeichen seiner Liebe. Dankbar schnappe ich mir seinen Kragen und küsse ihn, meine Lippen prallen so hart gegen seine, dass ich ihn nie wieder gehen lassen will.

»Merci, mon Cœur«, hauche ich vor seinen Lippen, bevor unsere Zungen langsam verschmelzen. Wieder spüre ich seinen Schwanz praller werden.

»Du darfst dich gern später ausführlicher bedanken. In allen versauten Stellungen und mit mehreren erstklassigen Blowjobs, Flöckchen«, raunt er vor meinen Lippen und stößt einmal tiefer in mich, sodass ich heiß keuche. »Zuvor müssen wir dich trockenlegen, damit du deine Party nicht verpasst. Los, hüpf runter.«

Er zieht sich langsam aus mir zurück, obwohl ich zu gut weiß, wie gern er Runde Nummer zwei einläuten würde, bis die Tischbeine knacken.

Anschließend reicht er mir Taschentücher, schließt seine Hose und richtet sein Hemd und Jackett. Ich ziehe den Slip und die Strumpfhose an, schlüpfe in meine High Heels und atme tief durch. Immer wieder betrachte ich seinen atemberaubend schönen Ring. Er kann das Leuchten in meinen Augen sehen. Neben mir umfasst er meine rechte Pobacke.

»Dann lass uns die Party rocken, Kleines.«

»Nur mit dir«, antworte ich, lehne meine Wange an seinen schwarzen Jackettärmel und blicke zu ihm dankbar auf.

Weitere spicy Bücher

DER AUTORIN

BERÜHRT BIS DU MICH LIEBST

Jane Lefort lebt mit ihren Geschwistern in Marseille und ist eit wenigen Monaten eine Escortdame. Sie ist jung, intelligent und verführt die Männer mit ihrer unschuldigen Schönheit, auch wenn sie noch unerfahren in ihrem Job ist. Auf einer Geburtstagsparty, für die sie gebucht wurde, trifft sie zum ersten Mal die Chevalierbrüder. Während der Jüngste Bruder Dorian in einer künstlerischen Schaffenskrise steckt, stolpert ane ungebeten in sein Atelier, um sich ungestört für die Party umziehen zu können. Jane hat keine Ahnung, dass sich mit dem Betreten des Ateliers ihr Leben von einem Tag auf den anderen verändern wird. Denn Dorian glaubt, in Jane seine Muse gefunden zu haben. Und er setzt alles daran, sie für sich zu beanspruchen

SEHNSÜCHTIG – VERFALLEN

Spicy Romance mit starker Protagonistin und drei Brüdern

Maron Noir studiert in Marseille und ist seit wenigen Jahren eine erfahrene, begehrte Escortdame einer angesehenen Agentur mit gewissen Vorzügen. Sie ist jung, hübsch und verzaubert die Männer mit nur einem Augenaufschlag. Für gewöhnlich ist sie es, die die Kontrolle behält. Doch an einem Abend trifft sie den neuen Kunden, Gideon Chevalier, der ihren Ruf kennt und versucht sie um den Finger zu wickeln. Allerdings wird Maron während der Machtspielchen alles tun, um nicht die Kontrolle abzugeben. Nur was, wenn es nicht bei einem Mann bleibt und Maron sich ihren Wünschen fügen muss?